梓 林太郎

津軽龍飛崎殺人紀行

私立探偵・小仏太郎

実業之日本社

JN055882

実業之日本社文庫

津軽龍飛崎殺人紀行／目次

津軽龍飛崎殺人紀行

私立探偵・小仏太郎

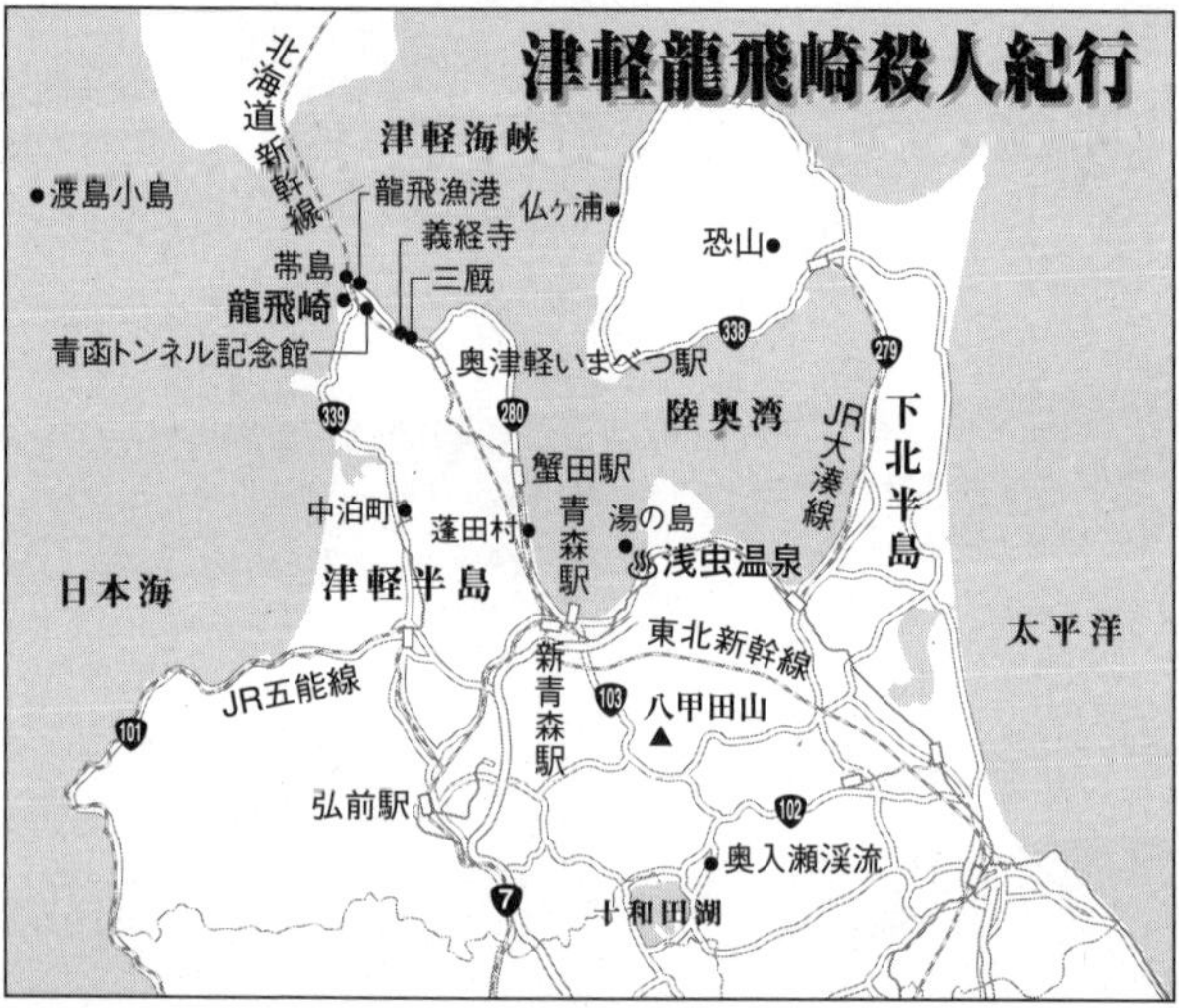
津軽龍飛崎殺人紀行
北海道新幹線
津軽海峡
渡島小島
龍飛漁港
仏ヶ浦
義経寺
恐山
帯島
三厩
龍飛崎
338
青函トンネル記念館
奥津軽いまべつ駅
279
339
280
陸奥湾
JR大湊線
下北半島
蟹田駅
中泊町
蓬田村
青森駅
湯の島
浅虫温泉
日本海
津軽半島
太平洋
東北新幹線
新青森駅
JR五能線
103
八甲田山
101
弘前駅
102
奥入瀬渓流
7
十和田湖

地図製作／ジェオ

第一章　人生を閉じる前に

1

八月、九月の二か月、葛飾区亀有《かつしかくかめあり》の小仏《こぼとけ》探偵事務所にはまったく仕事が入らず、もう閑古鳥《かんこどり》さえも鳴かなくなった。

小仏太郎《たろう》は、ただ頭を抱えてはいられないので、警視庁で元同僚だった捜査一課の安間《やすま》に電話で、

「おれにやらせる仕事はないか」

といってみた。

「小仏事務所は、早晩潰《つぶ》れるだろうな」

と、殺してやりたくなるようなことをいわれた。

小仏事務所には従業員が三人いる。そのうちで最も危機を感じ取っているらしい山《やま》

田《だ》エミコは、自分でつくったチラシを亀有駅前で配っていた。探偵事務所の宣伝用チラシというのは珍しいらしく、彼女に話し掛ける人が何人かいたという。

神磯十三《かみいそじゅうぞう》という本人には似合わない名のイソは、一日中スマホの画面をにらんでいる種族とはちがっていて、週刊誌とマンガが大好き。仕事がないのは大歓迎といっているようにマンガ本を読み、ときに笑い声をたてている。三十一歳だが二つ三つ若く見える。

以前、葬儀社に勤めていたことのあるシタジは毎朝決まった時間に出勤し、パソコンの画面と向き合ったり、ノートになにかを書きつけたりしている。彼の本名は下地《しもじ》公司郎《こうしろう》だ。通称がシタジになったのは、イソがシモジはいいにくいといったからだ。

秋風の立つ十月に入った。小仏事務所は依然として開店休業状態。安間の予言どおりになりそうな朝、小仏のデスクの前にエミコとシタジが並んで立った。もしかしたら二人は、

「ここを辞めたい」

というのかと思ったら、シタジが、

「所長。こういう仕事はどうでしょうか」

といって、Ａ４の用紙を小仏の前へそっと置いた。

「人生の最後に、行きたいところへ、ご案内します。行きたい場所はありませんか。

観たいものはありませんか。ご希望の土地へ、ご希望の交通手段で旅の達人がお供します」

「死ぬ前に、行きたい場所へか」

小仏は宣伝文句を読んでつぶやいた。

死ぬ前に行きたい場所のある人は山ほどいると思う。ところが一緒に行ってくれる人がいないという人も多いだろう。あるいは人に知られたくないところへ行きたい。そういう人に付添って、希望をかなえてやる。

「これをどうするんだ」

小仏が目の前に立った二人にいった。

「亀有駅、北千住《きたせんじゅ》駅、あるいは松戸《まつど》駅あたりで、撒《ま》いてみたいんです」

エミコが答えた。

「同行を依頼するのは、ある程度、経済的に余裕のある人だろうな」

「そうです。依頼人からは、前金をいただくことにします」

「やってみてくれ」

エミコとシタジは、広告を刷るとそれを抱えた。二人は週刊誌の怪しげな写真を見ているイソには声を掛けなかった。

エミコは下町沿いの駅前でチラシを配るが、シタジは目黒区、世田谷区、杉並区沿いを受持つことにして事務所を出ていった。

「所長。きょうの昼メシはなににしますか」

イソは、アメ玉を口に放り込んだ。

「おまえは、エミコとシタジのいったことをきいていなかったのか」

「きこえたけど……」

「二人はなんとか仕事を取ろうとして、アイデアを考えた。考えただけじゃない」

「電車に乗って出掛けたけど、二人が考えついた仕事は成功しないと思う」

「なんだ。二人のやることに水を差すようなことをいうじゃないか」

「人は死ぬ前でも警戒心を失っていない。行きたいとこがあったとしても、身内や知り合いでもない者と一緒に、旅行なんかしないと思う」

「そう思ったら、なぜ二人にいわなかったんだ」

「二人とも退屈だったんだよ。それで外へ出ていきたかったんだよ」

「もうおまえとは話をしたくない。昼メシを食いたかったら、外へ出ていけ」

「所長って、ほんとに面白くない人だね。図体《ずうたい》ばっかりでかくて、いつも苦虫を嚙《か》み潰したようなツラをして……。人に好かれないでしょ」

小仏のデスクの電話が鳴った。相手は少し高い声の女性だった。

「あのう、四、五日前に、亀有駅の前でチラシをもらった者です」

「それはどうも」

小仏は女性に用件を促そうとしたが、迷っているのか、「あのう、あのう」と繰り返していた。

「あのう、わたしの娘のことなんです」

彼女はやっといった。

「お嬢さんが、どうしましたか」

「おとといのお昼ごろ、普段着のまま家を出ていって、おとといも、きのうも帰ってきませんでした」

「それは心配ですね。お嬢さんは何歳ですか」

「中学三年で、十五歳です」

「学校は休んでいるんですね」

「からだの具合が悪いということにして、休んでいました」

「お嬢さんの友だちか同級生に、どこへいったかをおききになりましたか」

「きいていません。恥ずかしいことですので、他人さまに知られたくないんです」

「お住まいはどちらですか」

「足立《あだち》区の梅田《うめだ》です」

「西新井《にしあらい》が所轄ですね。警察の少年課に早く連絡して、お嬢さんの服装など詳しいことを相談してください。急いでください」

女性は蚊の鳴くような声で、「はい」といって電話を切った。

「所長」

イソが爆発するような大声を出した。「なんで警察に相談しろなんていうの」

「悪かったか」

「いま、うちは、仕事がなくて困ってるんだよ。いまの電話の人は、娘の居所さがしを依頼しようとしていたんだと思う。警察に相談するんじゃなくて、世間に知られないようにそっと調べてもらいたかったんだよ。所長のいまの応答は、仕事を請けるんじゃなくて、断わってるみたいじゃない」

イソは週刊誌を放り出すと、足音をたてて事務所を出ていった。

イソはどこで時間をつぶしていたのか、烏《からす》が巣にもどるように日暮れごろにもどってきた。コンビニで買ったらしいお茶のボトルを小仏のデスクへ黙って置いた。

エミコは午後七時近くに、シタジは午後八時に、少し疲れた顔をしてもどってきた。

小仏は三人を近所の小料理屋のかめ家へ連れていくつもりで椅子《いす》を立った。とそこへ電話が鳴った。

「あのう、きょう、阿佐ヶ谷の駅前で、ビラをいただいた者です」

年配の男性だ。

「それはどうも。お電話をありがとうございます」

小仏は受話器をにぎり直した。

「行ってみたいところへ、案内してくれるということですが」

「はい。国内でしたらどちらへでも」

「ぜひとも高野山《こうやさん》へ行ってみたいと以前から思っていました」

「高野山ですか。あそこは山の上ですので、里よりも空気は爽快《そうかい》でしょう。ぜひ、ご旅行を計画なさってください」

「ありがとう。あしたまた電話します」

男は名乗らずに電話を切った。

阿佐ヶ谷駅前というとチラシをシタジが配ったところだ。こんなに早く反応があるとは思わなかった。エミコとシタジのアイデアがものをいったということだ。

「おれ、高野山へ行ってみたい」

イソがいう。

小仏はイソをにらんだがなにもいわなかった。

「また電話が入るかもしれないので、わたしは残ります」

エミコだ。

「本気で仕事を頼みたいという人は、あしたも電話をよこす。イソとシタジとだけじや、メシがまずくなる」

「所長が電話番に残ったら」

イソがガムを嚙みながらいった。

小仏は靴を履くと、「行くぞ」とエミコを急《せ》かせた。


翌日。前夜、高野山へ行ってみたいという電話をくれた人からは連絡がなかったが、昼少し前、北千住駅の近くで女の人が配っていたチラシをもらった者ですが、とかなりの年配と思われる男性が電話をくれた。小仏が用件をきくと、

「私は大きな手術を受けましたが、恢復《かいふく》してすっかり元気になりました。ただいま八十二歳であります。ゆうべチラシを見て、死ぬ前に行ってみたいところを考えていて、ふっと思いつきました」

「それはそれは。行ってみたいところがあるんですね」

「はい。遠方ですが」

「どこでしょう」

「天橋立《あまのはしだて》と城崎《きのさき》温泉へ行って、カニを腹一杯食べたいんです」

「カニですか。召し上がりたいのはズワイガニですね。残念ですが、カニが獲《と》れる時期は決まっていて、それは十一月十日すぎごろです」

「じゃいまはないんですか」

「ないんです。毛ガニやタラバガニなら食べられる店は東京にもあります」

男性は急にからだから力が抜けたのか、

「それじゃまた」

といって電話は切れた。それを待っていたようにまたベルが鳴った。

「きのう、中野駅前で配っていたチラシを見ました」

「それはそれは」

小仏が応えた。

「人生の終りには間がありそうですが、行ってみたいところがあります」

カニを食いたいといった人よりはだいぶ若そうな男性だ。

「どちらへでもお供させていただきますので、ご希望の場所をおっしゃってください」

「長崎です」

「いいですね。長崎市内ですか」

「如己堂《にょこどう》を見たいんです」

「永井《ながい》隆《たかし》博士がお休みになっていたところですね」

「それから、二十六聖人殉教地の像を見たいんです」

「分かりました。お供させていただきます」

男性が「お願いします」といったので、どちらへうかがえばよいかをきいた。

男性は少しのあいだ考えていたようだが、中野駅北側のブロードウェイ内にある「ロキシー」というカフェで会いたいといい、自分の名は桑畑松市《くわはたまついち》だと名乗った。

桑畑とは午後三時に指定のカフェで会うことにした。

小仏は、黙って電話の応答をきいていた三人をじろりと見てから、エミコを連れていくことにした。

「仕事を請けられるといいですね」

シタジはいったが、イソはマンガ本を開いた。

2

小仏とエミコは、午後三時きっかりにカフェのロキシーへ入った。店内は空席が目立っていた。奥の風景写真の下から白い髪の男が立ち上がった。その人が桑畑松市だった。中背の彼の白髪は薄くなり、眉《まゆ》にも白いものがまじっていた。目が細いが顔の色艶《いろつや》はいい。八十三歳だといったが実年齢より少し若く見えた。麻のジャケットは新しそうだ。

「永井博士がすごした家や、二十六聖人の像を見たいといったので、私をクリスチャンかとお思いになったでしょうが、私は宗教には無縁です。チラシを見ていたら、いまなにを見たいかと問われたような気がして、前まえから見たいと思っていた長崎の二か所が頭に浮かびました」

　小仏は桑畑の健康状態を尋ねた。

「最近、歩くことが苦痛になりました。かかりつけのお医者さんからは、歩くのが一番といわれているので、毎日、この近くをぶらぶらしていますが、長い距離は歩けません」

「お住まいはこの近くなんですね」

「はい。歩いて十分ぐらいのところです」

　彼は中野区新井《あらい》の住所を教えた。彼のいうことをエミコがノートに控えている。かかりつけの医者といったので、持病でもあるのかと小仏はきいた。どこへ同伴するにも健康な人でないと困るからだ。

「持病はありませんが、疲れると胸が痛むことがあります。お医者さんからは無理をするなっていわれていますけど、もう無理なんかできません」

　家族をきくと、独り暮らしだといった。

「私には娘が一人いて、中野区内に住んでいます。娘には女の子が一人いて、来春に結婚することになっています」

桑畑にとっては孫だ。どうやら娘とその家族とは交流があるようだ。

エミコは桑畑のケータイの番号をきいた。彼は黒いケータイをポケットから取り出すと、番号をエミコに向けた。彼女は念のためにと断わって娘の住所と電話番号をきいた。桑畑はケータイをめったに使わないのか、手つきは不慣れな感じだった。

「以前は、会社などにお勤めだったんですか」

小仏は、経歴を尋ねたのだ。

「いまも勤めています」

桑畑は急に張りのある声を出した。

「それは失礼しました」

きょうは平日だが休んだのか。彼はきのう、シタジが配っていたチラシを受け取っている。彼はきのうも休んで、駅の付近を散歩していたのか。

「私は、パスコニアクラブの役員をしております。五年前まで専務でしたが、現在は相談役です」

毎日、会社へ出勤しなくてもいいらしい。

「パスコニアクラブとおっしゃいますと、港区虎ノ門《とらのもん》に本社のある宴会場やレストランを経営している、サービス業の大手では」

「はい」

桑畑は少し胸を反らして顎《あご》を引いた。

小仏は、いい客を獲得できたと思ったが、次の瞬間、会社には大勢の社員がいる。そのなかから一人ぐらい役員の桑畑の旅行に付添える人がいてもおかしくはない。それなのになぜ小仏事務所に旅行の申し込みをする気になったのか。

「桑畑さんは、いままで長崎へおいでになったことは」

小仏は、皺《しわ》の寄った細い目を見てきいた。

「十年ぐらい前だったでしょうか。一度だけ行ったことがあります。そのときは出島《でじま》と平和公園を見ただけでした。行ってみたいところがいくつもありましたけど、仕事で行ったので、充分な観光はできなかったんです」

「旅行のスケジュールを組みますので、如己堂と二十六聖人の像以外に、どこをご覧になりたいかおっしゃってください」

「その二か所だけで結構です。私はもう、あちらこちらを見てまわる体力がありません」

長崎へは飛行機で行く。空港でレンタカーを調達することにする。桑畑は一泊したいのでホテルの予約を頼むといった。

出発は来週。たがいに連絡を取り合って日時を決めることにした。

事務所へもどると、シタジは電話を受けていた。どうやら相手は深刻なことをいっているようだった。

イソはどこへ行っていたのか、口笛を吹きながら事務所へ入ってきた。小仏は新聞紙を丸めてイソの頭へ叩《たた》きつけた。

「いてえ」

イソはいってから、「所長、新小岩に一杯二千円のラーメンを食わせる店がオープンしたんだって。和牛肉を焙《あぶ》ったのが入ってて、それは旨《うま》いらしいよ」

「独りで食いに行ってこい」

「こういうときは景気づけに、一食や二食は旨いもんを食いに行くもんですよ」

「ゆうべかめ家で、旨いサカナをたらふく食ったじゃないか」

シタジは穏やかな声で電話に応じていたが、掛け直すといっていったん切った。

相手は女性で、二十六歳になったばかりの娘が家出した。自らの意思での家出ではなく、だれかに連れだされたようでもあるので、娘の行方をさがす方法はないかという相談だったという。これは「人生を閉じる前に」のほうでなく探偵の仕事だ。いや警察に相談すべき事案なのではないか。

シタジは、二十六歳の娘の母親からの相談を受けていたが、「所長と話し合ったうえで電話をする」といったのだった。

「娘はいついなくなったんだ」

小仏がシタジにきいた。

「おとといらしいといっています」

娘はきのう、勤務先の洋装店を無断で休んだし、きょうも連絡がない。母親の住所は埼玉県戸田《とだ》市だが、娘は葛飾区亀有のマンションに独り暮らししていた。二日間無断欠勤なので洋装店は母親に連絡した。びっくりした母親は娘の住所へ駆けつけ、マンションの家主と一緒に部屋へ入った。部屋は片付いていて、家出の形跡なども見当たらなかった。キッチンのテーブルに小仏探偵事務所のチラシが置いてあったので、それを見た母親が相談の電話をしたということだった。チラシは、エミコが亀有駅前で四、五日にわたって通行人に配っていたものにちがいない。

小仏は、母親に会うことにした。母親は娘の不在を警察に話していないらしい。話したくない理由があるのではないか。

シタジが母親に電話した。彼女は娘の部屋にいるというので、小仏とシタジが会いに行くことにした。

家出したのか、だれかに連れ出されたのか分からないのは由木《ゆうき》すみれで、住所のマンションは早足で歩いて十分ほどだった。

小仏とシタジは、汗をかいた。ハンカチで額と首筋を拭《ぬぐ》ってインターホンを鳴らした。

由木すみれの母親は、小仏たちの到着を待っていたらしくすぐにドアを開けた。

「由木君枝《きみえ》と申します」

五十をいくつか出ていそうな彼女は頭を下げた。彼女はジュースを注《つ》いだグラスを出してキッチンのテーブルに置いた。

「すみれは、赤坂の洋装店を、きのうときょうと休んでいますので、もしかしたらおといの夜、ここへ帰ってこなかったか、それとも、だれかに呼び出されたのかもしれません」

君枝は胸に手をあてて震えるような声でいった。

「すみれさんに、電話を掛けたでしょうね」

小仏がきいた。

「何回も掛けていますけど、電話に出られないという音声が鳴るだけです」

シタジが、すみれの番号をきいて掛けた。君枝のいうとおりだった。

「なぜ警察に相談しないのですか」

小仏がきくと、君枝は俯《うつむ》いた。いいにくいことがありそうだ。

「話してください。秘密は守りますので」

小仏は低い声で促した。

彼女は、「はい」と消え入るような返事をしてから、三、四分黙っていた。

「すみれはじつは、歳《とし》の差のある方とお付合いしていました。その方のことで、なにかが起きたのではないかと思っています。それで警察には話さないことにしたんです」

「相手の男性の名前や住所をご存じですか」

「娘の隠し事をさぐるようで、後ろめたい気がしましたけど、あちこちの引き出しをさがすうち、この名刺を見つけました。すみれは以前、かがという名を口にしたことがありましたので、もしかしたらと思いまして」

彼女は名刺を一枚テーブルに置いた。

［加賀武敏《かがたけとし》　紀章《きしょう》工業株式会社　企画設計部次長　新宿区北新宿］

小仏とシタジは、名刺をノートに控え、小仏が紀章工業の直通電話に掛けて、

「加賀武敏さんをお願いします」

というと、初めに応答した女性から男性に電話を代わった。

「加賀は、退職しましたが」

「お辞めになった。いつですか」

「二年あまりになると思います」

「退職後の消息をご存じでしょうか」

「さあ、それは分かりませんが、退職の直接の原因は病気でした。しばらく入院していましたが、健康に自信が持てなくなって辞めたんです。加賀のどういうことをお知りになりたいのですか」

小仏は名乗ってから、加賀さんに関係のある女性のことを知りたかったのだといった。

「探偵事務所の方が知りたいことというと、なにか重大な問題がからんでいそうな気がしますが」

「重大な問題があるかどうかは、まだ分かりません。ある場所から加賀さんの名刺が出てきたので」

電話の男性社員は、会社に勤務していた当時の加賀の住所は分かるといって、なにかの記録でも見ているようだった。

二年ほど前までの加賀武敏の住所が分かった。杉並区阿佐谷北だった。

「二十代の女性が二日間、勤務先を無断で欠勤している。そうして自宅にも帰っていない。重大事件がからんでいるとしか思えない」

小仏はそういいながら、イソに電話した。すぐに阿佐谷北の加賀武敏の住所を確認して、加賀の現在の勤務先なり職業、きのうときょうはどうしているのかを調べるようにと指示した。

仕事のないときはマンガ本を見ているイソだが、いざとなると身は軽く敏捷《びんしょう》である。

「あなたは、加賀という人に会ったことは」

小仏は君枝にきいた。

「いいえ。すみれが話のなかで、その名を口にしただけです。奥さんもお子さんもいる方じゃないかと想像しました。どうしてそういう男性を……」

君枝は手を組合わせると顎にあてて、震えはじめた。

今夜はここに泊まって、娘の帰りを待つことと小仏は彼女にすすめた。

3

加賀武敏の住所を確認して、近所の人から話をきいたイソの報告は意外だった。

加賀武敏は四十二、三歳。妻と十歳ぐらいの女の子との三人暮らしだったが、妻と娘は二年ぐらい前にいなくなった。近所では離婚したのだろうとみていた。加賀は会社勤めのようだったが、一年ほど前から平日も家にいることが多くなった。その彼を訪ねてくる女性が二人いた。一人は加賀の妹だということが分かった。一人は二十四、五歳で、いつも地味な服装をしている人。その人は加賀のためにか近くのスーパーで食料品を買っていた。妹と一緒にスーパーで買い物をしていることもあった。

一か月ほど前から加賀の姿が近所の人の目に触れなくなった。そのことを隣家の主婦が加賀の妹にきくと、病気が重くなって入院しているということだった。

一週間ほど前、妹が隣家を訪ね、『兄は長く病んでいましたが、おととい、亡くなりました。それで、この家を手放すことになります。長いあいだお世話になりました』と挨拶した。隣家の主婦は、『まあ、なんということでしょう。お見舞いにも行かず……』と、悔《くや》みを述べた。

妹は痩《や》せていて病人のようだった。隣家の主婦は、『いまにも倒れそうな妹さんを見て、お兄さんがどんな病気だったかもきけませんでした』と、イソに語った。

加賀の妹と、たびたび訪れていた女性は、一昨日の夜、遺骨を抱いて加賀が住んでいた家へやってきた。そして翌朝、遺骨に柄《がら》のある風呂敷を掛けて家を出てきた。隣家の主婦はそれを見て、妹が抱えている遺骨に向かって手を合わせた。

妹は、『これから兄を、青森へ連れていきます』

といった。青森のどこかと主婦がきくと、

『浅虫《あさむし》という海辺の町です』と答えて、すすり泣いた。主婦はきいたことのある地名だったので地図を開いてみた。下北半島と津軽半島に抱かれた陸奥《むつ》湾の中心部に浅虫温泉があった。東北本線に浅虫温泉という駅がある。

『では、十月十日、つまりきのうの朝、加賀さんの妹と、たびたび加賀さんを訪ねていた女性は、遺骨を抱いて、青森の浅虫へ行ったんですね』と、イソは隣家の主婦にきいた。主婦はうなずき、二人の女性の後ろ姿を思い出して、目頭に指をあてたという。

すみれは、十月十一日の夜、帰宅した。そこには母がいたので驚いたようだったが、崩れるように床に膝《ひざ》をつくと泣きはじめたという。

すみれが母に語ったことによると、浅虫は加賀武敏の出身地で、そこに両親の墓があった。武敏の妹の礼子《れいこ》と一緒に菩提寺《ぼだいじ》へ行き、僧侶に経を上げてもらって、納骨した。その寺も墓地も高台にあって、海が見えた。海には湯《ゆ》の島という名のにぎり飯のような島が浮かんでいて、島の木々は少し色づいていた。浅虫温泉にはホテルがいくつもあった。以前、礼子が泊まったことがあるというホテルへ一泊することにした。

礼子は武敏の思い出を語った。彼は、東京の大学を出て、紀章工業に就職した。二十八歳のとき、上司のすすめで製薬会社勤務の女性と見合いをしたうえで結婚した。夫婦は女の子を授かったが、その子が十歳のとき、武敏と妻は離婚した。武敏に好きな女性がいるのを知った妻は、子どもの手を引いて去っていったのだった。

武敏はガンを患っていた。入院中の彼を見舞いに行ったすみれの姿が妻の目に触れたのだ。

武敏は手術を受け、いったんは社会復帰できたが、ガンはべつの部位を蝕《むしば》んでいた。健康に自信を持てなくなった彼は紀章工業を退職して、中小企業に勤めたが、たびたび体調を崩していた。

そういう武敏を、すみれは励ましつづけていた。

礼子にも離婚歴があった。夫は賭事《かけごと》が好きで、日曜のたびに競馬場へ出掛けていた。中堅企業のサラリーマンだったが、賭事に金を注ぎ込むため借金を抱えていた。そのことを礼子は結婚五年後に知った。借金が年々増えているのを知り、彼女は不安な思いを抱いていたし、夫婦仲は険悪になり、離婚を決意した。現在三十七歳で、内科医院に受付係として勤めている——


二日間、洋装店を無断欠勤したすみれのことが気になったので、小仏は翌日、母親の君枝に電話した。

「すみれはけさ、洋装店へ出勤すると、社長の前へ行って頭を下げたんです。どこでなにがあったかも一言もいわず、ただ頭を下げていたそうです。すると社長もなにもいわず、早く仕事に就くようにといったそうです」

「洋服を売るだけの店じゃなさそうですね」

「縫製部があって、社員が十四、五人いる会社です」

社長はすみれを信頼しているのだろう。

小仏と君枝の電話をきいていたイソは、

「すみれっていう女に会ってみたい」

といった。

「女性に会ってみたいなんて、珍しいじゃないか。ライアンのキンコに飽きたのか」

近所のスナックのホステスのことだ。

「そういうことじゃないの。地味で、謙虚そうで、誠実そうな女だから。近ごろ、そういう女を見掛けないでしょ」

小仏は、エミコにちらりと目を振った。エミコには小仏とイソの会話はきこえないのか、パソコンの画面をじっと見ている。


十月十六日。エミコが桑畑松市を長崎市へ案内する日だ。彼女はタクシーで桑畑を迎えに行き、羽田空港へ向かった。空港に着いた桑畑は、航空機での旅行は一年ぶりだといった。

「一年前は、どこへいらっしゃったんですか」

「北海道です。七月でしたが、テレビを観《み》ているうち、無性に花畑を見たくなって」

「では、富良野《ふらの》か美瑛《びえい》へおいでになったんですね」

「そう。色とりどりの花畑越しに十勝《とかち》の山を眺めました。山田さんは、富良野へ行ったことは」

「ありません。テレビや絵で見たことがあるだけです。広いお花畑を一度は見に行きたいと思っています」

　長崎行きの飛行機はほぼ満席だった。桑畑は機内サービスのスープを飲むと、目を瞑《つぶ》った。着陸が近づいたというアナウンスがあるまで眠っていたようだった。

「山田さんは、長崎へは何度か」

　と桑畑はきいた。

「わたしは新潟の出身で、高校の修学旅行が長崎でした。それ以来、行ったことはありません」

　飛行機は一瞬、着陸のショックを与えて何事もなく到着した。

「じつは私は、飛行機が恐《こわ》いんですよ」

　桑畑は小さい声でいった。

「悠然と眠っていらっしゃったのに」

「中学と高校で同級生だった男が、旅客機のパイロットになっていました。パイロットになった彼に二、三度会いましたが、飛行機には絶対安全はない、いずれ墜《お》ちることになるだろうと、会うたびにいっていました。飛行機に乗るたびに、彼のいったことを思い出すんです」

「その方は、いまも健在でいらっしゃるんでしょ」

「おととしの冬、脳出血で亡くなりました」

　エミコは航空機事故を想像していたので、ほっとした。

「海外旅行もなさっていらっしゃるんでしょ」

「会社から何度も旅行させてもらいました。ヨーロッパはパリ、ローマ。アメリカはニューヨーク。ニュージーランドの真夏の雪山は忘れられません。それから一年中はだかで過ごせるハワイへは、もう一度行きたい」

　彼は笑みを浮かべていった。

　長崎空港でレンタカーを調達した。エミコが手続きをしている間に桑畑は自販機で缶コーヒーを買い、一本を彼女に渡した。

「コーヒーがお好きなんですね」

　エミコがいうと桑畑は、毎日、コーヒーを二、三杯は飲むと答えた。

　桑畑の希望の如己堂へ向かった。そこは平和公園に比較的近く、サントス通りが目標だった。

　道中、車の助手席の桑畑は、首を左右にまわしていた。アンジュラス通りというのがあり、彼は道路の名称に興味を覚えたようだった。

如己堂はすぐに分かった。二畳一間にせまい廊下のついた小さな家である。原爆の後遺症に苦しみながら被爆者の救護に尽力した永井隆博士のために、被災した市民が建てたという家である。

その家にはガラス戸がはまっていて内部が見えた。桑畑は屋内をのぞいてから一歩退くと、おじぎをして手を合わせ瞑目《めいもく》した。それは四、五分つづいた。目を開けるとまた頭を下げた。まるでだれかに向かって謝罪をしているようでもあった。永井博士の功績を敬うとともに、博士のためにこの家を建てた市民の敬愛に対して手を合わせているようにも見えた。エミコも桑畑に倣ったが、家のあまりの小ささに涙がにじんだ。

隣接しているのは永井隆記念館で、そこには博士の遺品や写真が展示されていた。この記念館は、博士が子どものためにつくった図書館が前身だという。

エミコが修学旅行できたときは、如己堂も記念館も見学しなかった。浦上天主堂がわりに近かったので、見学した。天主堂への坂には、原爆で焼かれた天使の像が残っていて、それは黒く焦げていた。

キリシタン弾圧の記憶である「日本二十六聖人殉教地」は、市街を見下ろす西坂公園にあった。豊臣秀吉に捕らえられたキリシタンの二十六人が処刑されたところだ。

二十六人は像になって整然と並んで合掌している。そのなかに十代の子どもがいて、天に向かってか手を合わせている。

　桑畑は、「これで充分です」といって公園のベンチに腰を下ろした。疲れたように見えたので、予約しておいた稲佐山《いなさやま》のホテルへ向かうことにした。エミコが稲佐山のホテルにしたのは、長崎の夜景を一望だと、小仏がアドバイスしたからだった。

　桑畑は大浴場から夜景を眺めた、といって夕食のレストランへあらわれた。彼は毎晩、日本酒を一合飲《や》るのが習慣だといって、長崎の酒をオーダーした。彼には如己堂のたたずまいが目に焼きついたようで、箸《はし》を使いながら、「人の善意」を口にしていた。

4

　小仏探偵事務所には本来の調査の依頼は入らず、「人生を閉じる前に」行ってみたい土地についての問い合わせが、毎日、一、二件あった。

　そのうちで、上高地《かみこうち》へ行きたいという夫婦からの依頼があった。

「上高地にはもう雪が降っていると思いますが」

　電話に小仏がいうと、「それを見たいのだ」といわれ、八十二歳の夫と妻を案内することになった。

十一月初めには、上高地のホテルも山小屋も営業を終えるし交通手段もなくなる。絵島《えじま》という夫婦の希望は、一般の交通機関を使って、一泊の予定で往復の車窓の風景を楽しみたいというものだった。

小仏は何度か電話で健康状態や希望をきいたし、面接もして、イソとシタジを同行させることにした。

十月十八日の朝、絵島光男《みつお》と今日子《きょうこ》の夫婦は、小型のリュックを背負って新宿駅へやってきた。二人はウォーキングシューズを履いていたが、それが新しいので、今回の旅行のために買ったのか、とシタジがきいた。

「十日ばかり前から毎日、二キロほど歩いていましたので、大丈夫です」

小太りの今日子がいった。夫の光男は痩せていて小柄だった。

四人は七時発「スーパーあずさ1号」のグリーン車に乗って、座席を向かい合わせにした。

シタジが四人の弁当を買ってきた。四つはべつべつのもの。今日子はいなりずしのを選んだ。

「私はいちばん小さいのでいい」

光男は焼き魚の弁当にした。

シタジが熱いお茶を配った。

「シタジさんは、気が利くのね」

今日子がイソを見ながらいった。

シタジは顔の前で手を振ってから、弁当をそっと開いた。

「駅弁は久しぶりだ。わりあい旨いじゃないか」

イソは大口を開けて食べ、あっという間に食べ終え、音をさせてお茶を飲んだ。

ゆっくりと口を動かし、なにを食べても旨くないといっているようなのは光男だった。彼は三分の一ほど残して蓋《ふた》を閉じた。

「この列車、松本へ何時に着くんですか」

今日子は車内アナウンスをきいていなかったようだ。

「九時三十九分です」

シタジが答えた。

夫婦は往復の車窓の風景を楽しみたいということだったが、列車が大月《おおつき》に着いたときには光男は眠っていた。車内販売のワゴンがやってきた。光男は目を開けるとコーヒーを頼んだ。イソもシタジもコーヒーにしたが、

「わたしは要らない」

と今日子はいって、窓ぎわに置いたお茶のボトルに腕を伸ばした。

光男は無職だろうと思ったが、これまでなにをしてきたのかをイソが尋ねた。

「私は目黒の文房具屋の息子でした。兄と姉がいましたが、米軍の空襲を受けて祖母と一緒に亡くなりました。近くに爆弾が落ちたのに、母と私は奇跡的に助かったのでした。すごい音と火のなかを、走って逃げた記憶があります。父は兵隊にとられて、南方の島で戦死しました。生き残った母と私は幸いにも焼けなかった小学校の近くの文房具店を護《まも》っていたのです。私は小学生のときから店番をしていたので、店内のどこになにがあるのかを覚えていました。しかし食べる物がなくて、母はリュックになにかを詰め、千葉とか埼玉へ出掛け、芋や大根と交換してきていました。終戦後、何年か経《た》つと、母は隣の家を借りて書店にしました。私は店番をしながら、学校の宿題をやっていました。一時、文房具店も書店も繁昌《はんじょう》していたようですが、次第に物が売れなくなって、私が大学を卒業した年に、母は店を廃業してしまいました。……私は、大きい病院の事務局に勤め、それから商事会社に転職したあと、自分で食堂をやることを決めました。この決断は当たって、定食屋から洋食のレストランへと変え、現在は二人の息子が、目黒と渋谷でレストランをやっています。私は顧問の肩書きで二人から給料をもらっているんです」

イソとシタジは、生真面目《きまじめ》そうな光男の顔にうなずいた。

「わたしは、主人がやっていた食堂へ勤めていたんです。夜になると炊きたてのご飯をおにぎりにして、真夜中の二時から三時ごろ、タクシー会社の車庫へ行きました。乗務を終えた運転手さんたちが車を洗っているんです。その人たちにおにぎりを売りました。百個ぐらい持っていきましたけど、毎晩、売り切れになりました。真冬の冷たい風の吹く日も、雨の日もありましたけど」

今日子はそういうと、光男の横顔に目をやった。

光男は左の窓を向いていた。鳳凰山地蔵岳《ほうおうざんじぞうだけ》のオベリスクを仰いでいるようだった。

やがて列車は右の窓に八ケ岳《やつがたけ》を映して小淵沢《こぶちざわ》に停車した。大型ザックを背負った男女のグループが降りた。赤岳《あかだけ》あたりの稜線《りょうせん》がうっすらと白かった。

白い船を浮かべている諏訪湖《すわこ》は、朝陽《あさひ》をはね返していたし、ところどころが黒ずんでいた。

松本へは定刻に到着した。一般の交通機関を利用するのが条件だったので、松本電鉄の電車に乗って新島々《しんしましま》で上高地行きのバスに乗った。

バスは大正池《たいしょういけ》まで一時間二十分ぐらいだった。その間にトンネルをいくつもくぐったし、青い水をたたえたダムを眺めた。急斜面の大崩壊のなまなましい疵跡《きずあと》も間近に目にした。

大正池を撮るためにやってきたのか、カメラを首に提げた三人の男が一緒にバスを降りた。

この池は、梓川《あずさがわ》が上流から運んでくる土砂と、焼岳《やけだけ》が身を削るように流している土砂によって年々その面積は小さくなっているという。しかし薄陽《うすび》を受けた池面に枯れて立つ数本の木の風景は、美しくもあり寂しげでもあった。

今日子は穂高《ほたか》連峰を仰いで声を上げ、コンパクトカメラを向けた。光男はリュックから布で包んだものを取り出すと、それを胸に押しあてて動かなくなった。なにを持っているのかとイソとシタジは左右から光男に近寄った。光男は額に入った写真を穂高に向けているのだった。

シタジが、「お写真はどなたですか」ときいた。

「兄と姉です」

イソとシタジは、光男に写真を見せてもらった。古びた写真の少年と少女は双児《ふたご》だったという。写真は遺《のこ》っているが、祖母と一緒にいた兄と姉はどこで死んだのか不明だったと、光男は稜線の高い峰を仰いで低声で答えた。

四人は、カラマツに囲まれた起伏の少ない道を歩き、途中から梓川に沿う道をさかのぼった。上高地帝国ホテルの裏側を通り、シラカバやハルニレの林を抜け、梓川が大きくうねったところで奥穂高岳を眺めた。バスターミナル近くになると、何組かの散策者に出会った。

河童橋《かっぱばし》に着いた。そこには穂高へカメラを向けている人たちがいた。シタジは、岳《だけ》沢《さわ》をバックに光男と今日子を撮った。

「おれも撮ってよ」

イソが欄干に手を掛けて胸を張った。

光男はまた写真を取り出して、それを穂高へ向けた。

「どなたですか」

シタジは、さっきの兄姉の写真とはちがうので光男に尋ねた。

「母です。母には、この風景を見せてやりたかった」

光男は母の写真を額にあてた。祈っているような拝んでいるような格好だった。

「終戦直後の母は、私に食べさせるために、麦や芋を買いに行くだけの人でした」

光男のいいかたは悔しげだった。特定なだれかに向かって抗議しているようでもあった。

四人は右岸へ移った。霞沢岳《かすみざわだけ》と六百山《ろっぴゃくざん》を眺めたのだ。

急に陽差《ひざ》しが消えた。頭上を灰色の雲が流れはじめた。宿泊を予約しておいたホテル白樺荘《しらかばそう》へ入った。

光男は疲れを口にした。今日子が椅子の後ろへまわって、光男の肩を叩いた。

夕食には山女魚《やまめ》の塩焼きが出た。光男はレストランを経営した人だったから、ホテルの料理に対してどんな感想を持つかと、イソとシタジは観察していた。

「いままで食べたうちでは、最高だ」

光男は山女魚の塩焼きをほめたし、松茸《まつたけ》と栗《くり》の天ぷらにも舌鼓を打って、どの料理もきれいに食べた。

「主人は、おいしい物を食べると、決まって、戦争中と終戦直後の食べる物がなかったころの話をしますが、きょうは珍しく……」

苦労ばなしをしないといった。

光男は目を細めてグラスの酒を二杯飲むと、居眠りをはじめた。イソが光男を部屋まで背負っていった。

次の日は明神《みょうじん》橋を渡り、明神池の縁《ふち》に立った。池のなかの岩のまわりをマガモが泳ぎ、水には魚影があった。光男は一言、

「絵を見ているようだ」

と、つぶやいた。

帰りは梓川の右岸に沿って木道を歩いた。

光男は何度も立ちどまって六百山のほうを眺めていた。穂高から下ってきたらしい男たちが、登山靴で木道を鳴らして追い越していった。

松本からの帰りの列車に乗ると、光男はお茶を一口飲んだだけで目を瞑った。今日子はコンパクトカメラに収めた風景をモニターで見直していた。

「絵島さんには、お孫さんがいらっしゃるのでは」

シタジが今日子にきいた。

「四人います。二人はレストランの仕事に就いていますが、二人はまだ学生で、一人はアメリカへ行きたいなんていっています。幼いころはわたしたちのところへよく遊びにきましたけど、いまは電話もくれません」

今日子は、飛び去っていく車窓の風景を眺めて、袋から柿の種をつまんでいた。

5

午後五時近くになると窓が暗くなる。窓ぎわの電灯をイソが点《つ》けた。

「日が短くなったな」

小仏がつぶやいた。

「日の入りは午後四時五十八分だそうです」

エミコがいった。

きょうは、「人生を閉じる前に」に対する問い合わせの電話は掛かってこなかった。

新たにチラシを撒く必要があるのではないか、とエミコがいっている。

「そうだな」

小仏はナマ返事をしながら新聞を広げた。朝刊をじっくり読んでいなかったのだ。

映画とコンサートの広告が一面を占めていた。外国の美人ソプラノ歌手の写真に見とれてから、社会面をめくった。右下の広告の上段に、［龍飛崎《たっぴざき》で変死体発見］の夕イトルを見つけて記事を読んだ。十月二十二日の午前、青森県津軽半島突端の龍飛崎を訪れた観光客の男女が草むらに倒れている人を見つけて一一〇番通報した。外ヶ浜《そとがはま》署が調べたところ、倒れていた人は男性で、七十代後半か八十代と見られた。服装から観光客らしいが、いまのところ身元は不明。発病した可能性もあるので、医療機関へ運んで死因などを精《くわ》しく検《しら》べることにしている、とあった。

「龍飛崎へ行ったことがあるか」

イソにきいた。

「ない。龍飛崎なんて、歌しか知らない」

「どんな歌だ」

「えっ、知らないの。なんにも知らないんだから」

「おまえはなんでもよく知ってるよな。人が知らないほうがいいことも」

「ごらんあれが竜飛岬《たっぴみさき》北のはずれと……」

イソがうたいはじめた。

「その歌ならきいたことがある」

「日本国中、知らない人はいないよ」

「おまえがうたうと折角《せっかく》の風景も濁る」

警視庁捜査一課の安間が電話をよこした。

「朝刊の記事を憶《おぼ》えているか」

安間は出しぬけにきいた。

「朝刊の記事とは……」

「津軽半島の龍飛崎の草むらで、男の変死体が見つかった」

「たったいま、その記事を読んだところだ」

「そろそろ夕刊が届くという時間に、朝刊か」

「社会面をちゃんと読んでいなかっただけだ」

「小仏事務所は、いま忙しいのか」

「いや、仕事が切れて、先行きが気になっていたところだ」

それでは相談だ、と安間はいって、口調を変えた。

――けさの新聞に載っていた変死体で発見された男は、桑畑松市といって八十三歳。住所は中野区新井《あらい》。株式会社パスコニアクラブの相談役。外ヶ浜署が検べたところ、腹部や背中を丸太のような凶器で殴られたのが死因。死亡したのは十月二十一日の午後と推定されている。

パスコニアクラブには、警視庁で鑑識課長をつとめたことのある大杉昌比古《おおすぎまさひこ》も相談役に名を連ねている。住所は板橋区仲町《なかまち》。桑畑と同い歳《どし》の八十三歳。

桑畑と大杉は昵懇《じっこん》の間柄で、大杉が警視庁を定年退職するさい、パスコニアクラブで働かないかと桑畑が誘ったものらしい。

二人は月に二回ぐらい会社で会議が終ったあと、新橋や銀座の料理屋で食事をしていることが、役員室の秘書たちに知られている。

その大杉昌比古は十月二十日から行方不明になっていて、電話が通じない――

「もしかしたら大杉さんも、事件に巻き込まれているんじゃないかっていう気がする。それで、小仏は二人の身辺と個人的な事柄を内密に調べてくれ」

安間は押しつけるようないいかたをした。

「了解」

小仏は返事をしたが、つい先日、桑畑松市を長崎へ案内したことは話さなかった。近日中に青森か龍飛崎へ行くということを、桑畑は話していたかをエミコにきいたが、ほかのところへ旅行することなど一言もいっていなかったという。桑畑は龍飛崎へ観光に行ったのだろうか。それともそこへ行かなくてはならない用事ができたのか。

エミコは龍飛崎を検索した。

[津軽半島の最北端に位置する岬。龍が飛ぶかのように強い風が吹くのが地名の由来

で、突端には灯台がある。下北半島や日本海、晴れた日には北海道の松前半島が一望できる。交通は、ＪＲ津軽線三厩《みんまや》駅よりバスで約三十分。津軽海峡を見下ろす高台には名曲「津軽海峡冬景色」の歌詞が刻まれた碑が建っている。龍飛崎には日本唯一の「階段国道」３３９号があって海峡を見渡せる。冬季は閉鎖」

小仏は、イソを連れて桑畑の住所を見に行くことにした。

「こんな時間から……」

イソは口元をとがらせた。

「こんな時間て、いつならいいんだ」

小仏は新聞を筒状にした。

「行くよ。行きます、どこへでも」

イソは節をつけていった。

桑畑の自宅にはレンガを重ねた門があってその横がガレージ。そこには車はなく、光った自転車が壁ぎわに置かれていた。さして広くはないが二階建てのがっしりした家である。

インターホンを押したが応答はない。桑畑は妻を亡くしてから独り暮らしだったようだ。

もしかしたら通いのお手伝いでも雇っていたかもしれない。それを知りたかったので隣の家のインターホンへ呼び掛けた。

すぐに主婦が玄関のドアを開けた。

「桑畑さん宅へは、週のうち二日ぐらい梅津《うめづ》さんというお手伝いさんが通ってきています。桑畑さんは独り暮らしですので、梅津さんがお洗濯やお掃除をして、夕方までいるようですが、きょうはこない日なのでしょうね」

「梅津さんの連絡先をご存じでしょうか」

「分かります。桑畑さんは年齢のわりにはお元気ですけど、なにかあったときのためにとおっしゃって、梅津さんの電話を……」

桑畑は隣家と懇意にしていたようだ。

主婦は奥へ引っ込んだが、すぐにメモを持ってもどってきた。メモにはきれいな字で「梅津千代子《ちよこ》さん」とあり、住所とケータイの電話番号が書いてあった。

「桑畑さんのなにを調べていらっしゃるんですか」

主婦は眉間《みけん》を寄せた。

「桑畑さんは、事件に遭われたようです」

「事件に……。会社でですか」

「いえ。遠方です」

「遠方とは、どちらでしょうか」

「津軽半島の北の端で……」

小仏はそこで言葉を切った。

「まさか……」

主婦は手で口をふさいだ。不吉を感じ取ったようだ。

「亡くなったんですね」

主婦は小仏の顔色をうかがうような目をして、低い声できいた。

「けさの新聞に載っています」

小仏がそういったところへ、夕刊が届いた。

主婦が社会面を開いた。［龍飛崎で殺人］という見出しがあって、殺害されたのは東京の会社役員の桑畑松市だったと書かれていた。

主婦は口を半開きにすると、夕刊を床に落として天井を向いた。驚きのあまり口が利けなくなったようだ。

「桑畑さんの娘さんが、近所に住んでいるようですが」

小仏がきくと主婦は胸を撫《な》でた。正気にもどったようだ。また奥へ入ってメモを持ってもどってきた。桑畑の娘の名と住所と電話番号を書いたメモを持つ手は震えていた。娘の名は矢野《やの》まみ子だった。

小仏とイソは、身震いがとまらなくなったような主婦に頭を下げた。

「こういうとき、わたしはなにをしたらいいのでしょうか」

主婦は小仏にすがりつくようにいった。

「なにもなさらないほうが。娘さんにお会いになったら、お悔みをいうだけで……」

小仏は、後じさりするように主婦の家をあとにした。


梅津千代子は五十歳ぐらいで小柄だった。会社員の夫と息子と娘の四人暮らしだという。夫と子どもたちはまだ帰宅していなかった。

「桑畑松市さんが事件に遭われました」

小仏が低い声でいった。

「事件ですって。どこで、どうなったんですか」

台所にいたらしい彼女はタオルを手にしていた。

「新聞を取っていますか」

妙なことをきくと思ってか、彼女は首をかしげて、朝刊だけ取っていると答えた。

「けさの新聞に、きのう青森県の北の端の龍飛崎というところで、身元不明の男の人の遺体が見つかったという記事が出ていました。その男の人は桑畑松市さんだと分かったんです」

「ひぃーい」

　彼女はタオルを口にあてると、めまいを起こしたように膝をついた。

「桑畑さんからは、二十日の朝早くに、電話がありました。旅行に出掛けることになったとおっしゃいましたので、わたしは気をつけてといいました」

　千代子は震え声で答えた。

「桑畑さんは、どこへ行くといっていましたか」

「どこへ行くとはいいませんでした。わたしがきかなかったんです。遠方へ出掛けるなんて思いませんでしたので。……あのう、龍飛崎で見つかったという方、桑畑さんにまちがいないのですか」

「身内の人か、会社の人が確認したのだと思います」

「身内といったら矢野まみ子さんですが」

　彼女は、はっとなにかに気付いたように立ち上がった。

「電話をします」

　といって奥へ走った。スマホを耳にあてて二言三言話すと、唸《うな》るような声を出して、また板の間へすわり込んだ。床に手をついて、背中を波打たせた。

　彼女は桑畑の娘の矢野家へ電話したのだ。するとまみ子の娘が応じ、「母は青森の警察へ行きました。龍飛崎で見つかった人は、おじいちゃんでした」といって泣いていたという。

「じつは先日、私は中野の喫茶店で桑畑さんに会っています。長崎市内で見学したいところがあるとおっしゃったので、長崎へ行くスケジュールの打ち合わせをしたんです」

「桑畑さんは、長崎へ行ってきました。二、三泊してくるのかと思ったら、前から見たいと思っていたところを見ることができたといって、一泊で帰ってきて、写真を見せてくれましたし、きれいなガラスの花瓶をおみやげにいただきました」

千代子はそういうと、またタオルを顔にあてて泣き出した。


小仏とイソは矢野家を訪ねた。琴音《ことね》という桑畑の孫が出てきた。瘦身《そうしん》で背が高い。二十七歳だという。彼女の顔は蒼《あお》いが目は赤かった。小仏は悔みを述べた。彼女はハンカチをにぎって頭を下げた。

「桑畑さんとはよくお会いになっていましたか」

「わたしは週のうち二日は、早朝散歩をしています。母にいわれて、一年前から祖父を誘って、一緒に二キロぐらいを歩いていたんです。祖父は足や腰が痛いという日がありましたけど、わたしは無理矢理歩かせていました」

彼女は桑畑の歩く姿を思い出してか、両手で口をふさいだ。大粒の涙が手の甲を伝ってこぼれた。

「桑畑さんは二十日の朝、急に出掛けたそうですが、なにがあったのか、ご存じですか」

「知りません。二十日の朝、母は祖父から出掛けるという電話を受けたそうですが、青森へ行ったのは知らなかったといっていました」

「桑畑さんは、ご不幸な亡くなりかたをしましたが、それについてなにかお心あたりは」

　琴音はハンカチを口にあてて首を横に振った。

「あなたは、大杉昌比古という人を知っていますか」

「いいえ。どういう方でしょうか」

「桑畑さんと同じで、パスコニアクラブの相談役です。桑畑さんとは仲よしだったそうです」

「大杉さんという方が、なにか」

「何日か前から行方が分からなくなっているようです。……あなたは、津軽の龍飛崎へ行ったことがありますか」

「ありません。スマートフォンで写真を見ましたけど、寂しいところのようです」

「津軽海峡を見下ろす突端です」

「祖父は、なぜそんなところへ……」

琴音はハンカチの端を嚙むと、身悶《みもだ》えするように震えた。

第二章　龍飛崎

1

桑畑松市は龍飛崎で事件に遭ったが、大杉昌比古と一緒に旅行中だったということが判明した。

小仏は板橋区仲町へタクシーを飛ばした。薄暗い住宅街を十分ほど歩きまわって大杉の自宅をさがしあてた。鉄製の門があって、そのなかに黒い車が入っていた。

インターホンには男の声が応じ、すぐに玄関のドアが開いたし、玄関の庇《ひさし》の下に電灯が点《つ》いた。男が小走りに走ってきて門扉を開けた。

小仏が名乗ると、「ご苦労さまです」といって玄関に招き、応接間へ通した。

小仏たちを迎えた男は、大杉の次男で伸良《のぶよし》だと名乗った。彼は練馬《ねりま》区内に住んでいるが、父親の昌比古が旅行先で行方不明になったのを知って、実家であるこの家へきているのだといった。

「母がおりますが、持病があるところへ、父の一件が起こって、きのうから寝込んでいるんです。私には兄が一人います。昌比古の長男で勇也《ゆうや》という名で住所はこの近くです。兄は桑畑さんの災難をきいて、桑畑さんの娘の矢野さんと一緒に青森へ行きました」

そういった伸良の髪には白い筋がまじっていた。

小仏は、警視庁から指示を受けていると話し、桑畑は殺害されたもようだし、同行の大杉が行方不明とは、いったいどういうことかときいた。

大杉昌比古の誕生日は十月十日だった。昌比古と勇也と伸良は、他所《よそ》からの頂き物のワインを飲んで、父の思い出話などをきいていた。昌比古は、『いまはどこも悪くないが、いつ人生の幕を引いてもおかしくない年齢だ。足腰の立つあいだに行きたいところへ行ってみることにしたい』といった。行ってみたいところはどこかと勇也がきくと、北海道の納沙布岬《のさっぷみさき》から風蓮湖《ふうれんこ》、野付《のつけ》半島。そして知床《しれとこ》半島だといい、本州では津軽の龍飛崎だといった。

『北海道は寒いから夏のほうがいい。来年二、三泊の計画で行ってきたら』

『そうだな。寒いのはからだにこたえる。じゃ、青森の龍飛崎なら、北海道ほど寒くはないだろう。そこには日本唯一の階段国道というのがあるそうだから、それを見たいんだ』

『真冬はたしか閉鎖されるはずだよ』

『そうか。行くならいまだな。青函トンネル記念館も見たいし』

彼はそんなことをいっているあいだに酔いがまわってきてか、居眠りをはじめた。

昌比古は次の日から龍飛崎行きを計画していたらしく、単独で行くつもりだったらしいが、桑畑松市を思い付き、都合がよかったら一緒に行くのはどうかと誘った。

すると桑畑は、龍飛崎へは行ってみたいと考えたことがあった、ぜひ一緒に行こうと意気投合して、二人は十月二十日に羽田空港から出発したのだという。

「大杉さんは、いつから行方不明になっているんですか」

小仏がきいた。

「それが分かりません。桑畑さんが発見されて、身元が分かった段階で、警察から矢野さんに連絡がありました。矢野さんは大杉という同行者がいるはずだと伝えたので、現地の警察は父をさがしているんです。さっき、兄から電話がありましたが、父の行方は依然として不明ということです」

仲良は肩を落として俯いた。

龍飛崎へは二人で行った。なにがあったのかは分からないが、桑畑松市は何者かに殴り殺された。それなのに一緒にいたはずの大杉昌比古がいなくなった。

「桑畑さんの持ち物は、どうなっていたでしょうか」

「ご遺体のすぐそばで見つかったそうです」

「大杉さんの持ち物は……」

「桑畑さんが倒れていた近くにはないそうです」

伸良は頭を抱えた。小仏は首をひねった。

イソが後ろから小仏のジャケットの裾《すそ》を引っ張った。

小仏はイソのほうを向いた。

「二人は……」

イソは、両手の人差し指を伸ばして撃ち合うようなしぐさをした。桑畑と大杉は争い事を起こしたのではないか。つまり喧嘩《けんか》をした。大杉が、落ちていた枯れ枝でも拾って、桑畑の腹や背中を殴って殺した可能性が考えられるといいたいらしい。

二人で旅行したのに、一人が殴り殺され、一人がいなくなって持ち物も見つからない。イソの推測があたっているようにみえるが、二人は長年にわたっての仲よしだし、ともに同じ会社の相談役をつとめている。今回の旅行は大杉の誘いに、桑畑がよろこんで同行したようだ。そういう八十三歳同士が、はたして殴り合いの喧嘩をしただろうか。

小仏は外へ出て安間に電話した。安間はまだ本部に残っているのだという。

小仏は、桑畑と大杉の間柄と、二人は誘い合って旅行に出掛けた、龍飛崎は二人にとって、かねてから行ってみたいところだったらしいと報告した。

「旅行先で、二人になにかが起こったんだろうな」

安間がいった。

「思いがけない重大事が起こったとしか考えられない」

小仏は頭上を仰いだ。白い雲がゆっくり流れるとオレンジ色の円い月がのぞいた。

「小仏は、龍飛崎へ行ったことは」

「行ったことはないし、どんなところかも知らなかった」

「仲よしの二人が、北の端へ旅行した。なにがあったのか一人が殴り殺され、一人は行方不明。おれには行方が分からない一人の消息が気がかりなんだ。元警視庁にいた人だし」

「おれも元警視庁にいた人間だが……」

小仏は空を向いていった。

「そうだったか」

「そうだったかは、ひどいじゃないか。安間は東大出だから大事にされていたけど、おれはボロ雑巾《ぞうきん》のようにコキ使われた」

「大杉昌比古さんの行方を、さがす気にならないか」

「考えてみる」

小仏はスマホをポケットに突っ込んだ。

イソがのろのろと出てくると、頭上の月を仰いだ。月を見て吠《ほ》えそうな顔をしていたがなにもいわなかった。

「あしたは、龍飛崎へ行くぞ」

「おれも……」

「ああ、連れてってやる」
二、三分歩くとタクシーがやってきたのでそれに乗った。
車内からイソはエミコに電話した。あすの朝、羽田から青森へ行くと伝えた。

「飛行機で行くって、だれがいった」

小仏は前を向いたまま、いった。

「ええ、羽田からじゃないの」

「東京から東北新幹線。三時間半だ。飛行機より早いかもしれない」

イソは飛行機に乗りたかったようだ。調査行でなく、行楽気分なのだろう。

2

小仏とイソは、東京を六時三十二分に出る「はやぶさ」に乗った。この列車は上野と大宮に停車し、あとは仙台、盛岡で、二戸《にのへ》からは各駅にとまり十時七分に奥津軽いまべつに着くことになっている。

二人は、東京駅で買った弁当を福島を通過する前に食べ終えた。青森へ行くのに飛行機でなかったからか、イソはほとんど口を利かない。弁当を食べるとお茶を飲んで、腕組みした。けさは早起きだったので眠いらしい。まるで小仏に背中を向けるような格好をして眠りはじめた。

小仏も目を瞑っていたが、仙台と盛岡では降りる人を見ていた。青森県に入ると平野がつづいた。田圃《たんぼ》のところどころに稲架《はざ》があって、刈り取った稲が重い穂を垂れていた。

列車は二分遅れて奥津軽いまべつに到着した。青函トンネルをゲート風にデザインしたという駅は、新幹線にからみつくように走っていた津軽線の津軽二股《ふたまた》駅に隣接していて、白いビルだった。

「きょうはいい天気。飛行機なら十和田湖《とわだこ》と八甲田《はっこうだ》の山々が見えたよね、所長」

「八甲田山は、雪をかぶっていたかもな」

小仏はイソに調子を合わせた。

レンタカーを調達すると、津軽線に沿う国道を北に向かった。右手に海が見えるようになった。人家が跡絶《とだ》えた。海辺に廃船が置かれている。ほんの数軒のさびれた集落があったが、そこもすぐに跡絶え、蒼《そう》い海が広がっているだけの風景に変わった。

車を降りて津軽海峡を眺めた。船は一艘も浮いていなかった。影のように黒く見えるのは下北半島だ。二人は強い風によろけた。

「所長は、死ぬ前に行ってみたいところがあるの」

イソは肩が触れる近さへ寄ってきた。

「おれは四十五歳だぞ。四十代の者に、死ぬ前になんてきくもんじゃない。……一度は見たいと思っているのはオーロラだな」

「オーロラを見たいっていう人は数えきれないほどいる。所長ってわりに平凡なんだね」

「もうひとつ見たいところがある。砂漠だ。どこまでもつづく砂だけの世界……」

イソにも行ってみたい場所があるのか、と小仏は海を向いたまままきいた。

「おれも砂漠を見たい。テレビで観たんだけど、レンソイスっていって、たしか十五万五千ヘクタールの広さの白い砂の世界のなかに、雨季だけ小さな湖が浮かびあがる」

「それはどこなんだ」

「ブラジル。……それからもう一か所行ってみたいところがある」

「月か火星か」

「ウユニの大塩原を見たい」

「アンデスの山峡だな。四国の約半分の面積の高低差が五十センチぐらいで、地球上最も平らな場所だという。雨後、水がたまると巨大な鏡が出現する。塩分は海水の十倍らしい」

「詳しいじゃない」

「テレビでやってたんだ」

小仏は目を閉じた。大砂漠へはすぐにでも行ってみたいと思った。

波の音からはなれて車にもどった。道路は海岸線に沿ってくねくねと折れ曲がった。

小高い山に突き当たった。山腹に［青函トンネル本州方基地龍飛］という白地に黒字の看板があり、その前が広い駐車場で、乗用車が二台とパトカーが二台とまっていた、夏場は観光客が大勢訪れる場所だろう。パトカーがあるのだから警官が付近を捜索しているにちがいない。

海を見下ろす高台に［国道３３９　階段国道竜飛］の標識があらわれた。中央に手すりのあるこの階段は全長三百八十八メートルあまりで三百六十二段あって標高差は七十メートルだという。石を敷きつめた階段は真《ま》っ直《す》ぐではなく、右に左にくねりながら下っていた。

［蛍雪之碑］と彫った石碑があらわれた。建物が雑木林を背負っていた。ここには三厩村立竜飛中学校があったのだという。

階段の途中に制服警官が立っていた。もう一人いて、一段高い位置から小仏たちを見下ろしている。事件現場かときくと、

「あなたたちは」

ときき返された。

「観光です」

小仏がいうと、

「気をつけて歩いてください」

といわれた。

階段の両側には葉を降らせている小木が立ち並び、雑草の生い茂っている場所があちこちにあった。桑畑松市はこの近くの草むらに倒れていたのだろう。夏場とちがって、樹木が葉を落とし、草枯れのいまは観光客が少ない。ここで凶行がおこなわれたのだとしてもそれを目撃した人はいなかったろう。

階段を下りきった。小さく見えていた龍飛漁港に着いた。漁港はにぎり飯を四つ置いたような格好の帯島《おびじま》を背負っていた。住宅が数軒あり、箱を伏せたような白い屋根の建物も赤い屋根の建物もあるが、人影はまったくない。あすの朝の出漁のために寝静まっているのだろうかと岸壁沿いに歩いていくと、頰《ほお》かむりした男が一人あぐらをかいて釣り糸を垂れていた。その人は凍ってしまったのか石像のように動かなかったが、小仏たちの足音をきいて顔を向けた。陽焼けした鼻は赤黒い。バケツをのぞくと小さい魚が五、六尾入っていて、動いているのもいた。六十代だろうと思われるその男の横には石油罐《かん》があって、火がくすぶっていた。

「この近くの方ですか」

小仏は男の横へしゃがんだ。

「ここの者だ」

「ふだんは、マグロを釣っているのではありませんか」

「そうだ。大間《おおま》のマグロっていってるのは、ここで釣り上げたものだ」

マグロを釣っている人が、岸壁で小魚を釣っているのが面白いと、イソはいって笑った。

「魚を焙ってやるから、食っていきな」

男は石油罐の網の上へバケツの小魚をつかんでのせた。四尾の魚は網の上でプチュン、プチュンと鳴いておどった。男は、焼けた魚の頭を太い指でねじり切ると、食ってみろといって差し出した。
「旨い」

「うう、旨い」

小仏とイソは同じように唸って、二匹ずつを一気に食べた。こんなに旨い焼き魚を食べたことはない、と小仏はいった。世辞ではなかった。

「一杯飲《や》りてぇ」

イソは声を張り上げた。

「ここの上で、事件がありましたが」

小仏は階段国道を振り仰いだ。

「ああ、年寄りが気の毒になあ」

「被害に遭った人は、同い歳の人と観光にきたんですが、二人をご覧にはなりませんでしたか」

「見掛けたかもしらんが、憶《おぼ》えていない。一人は殺され、一人は行方不明だという。こんな事件が起きたのは、初めてだ。……ひょっとしたら行方不明の人は、海に放り込まれたかもな」

漁師の男は、二人とも殺されたのではとみているらしい。

小仏とイソは、龍飛の弓状の海岸を見下ろしながら階段国道を上り返した。下るときは姿を見なかったが、草むらでは何人かが動いていた。警察官が大杉昌比古と桑畑の遺品をさがしているようだ。

ここまできたのだからと［青函トンネル記念館］を見学することにした。

青函トンネルの全長は五十三キロあまり、海の下を走る部分は二十三キロあまりだという。

昭和三十九年五月に、北海道側斜坑の掘削をはじめて、約二十一年後の昭和六十年三月に本坑が貫通した。それから約三年後の昭和六十三年三月、ＪＲ津軽海峡線が開業した。そして約二十八年後の平成二十八年三月、北海道新幹線が開業した。この大工事で働いた人は約千四百万人だというから、東京都の人口より多かったことになる。

坑道を下るケーブルカーに乗った。観光シーズンをすぎているからか見学者は小仏とイソだけだった。運転手のほかに女性が独り添乗した。安全確保のためなのだろう。

ゴオーン。壁に穴を開けるような音がしてケーブルカーは斜坑を下った。トンネルの最深部は百四十メートルというから到着地点はほぼそれに近いのではないか。坑道内展示エリアには土と岩石を運び出した車輛《しゃりょう》がレールの上に並んでいた。

「海面からはどのぐらいなんだろう」

イソは不気味なものを見るように首をすくめた。

「海面からは二百四十メートルです」

添乗の女性に教えられた。

岩を掘削している人形がいた。幻覚だが、固い石に穴を開ける音をきいたような気がした。

三十分ほどで坑内から外に出たが、小仏もイソも胸に手をあてて音がするような息を吐いた。

龍飛埼灯台はずんぐりとしたかたちをして、四角い建物の上にのっていた。そこから津軽海峡を眺めた。上空を鳥の群が飛んだ。群は直線になったりくの字になったりZ字を描いたりした。

黒ぐろとした断崖《だんがい》の上に立った。人が住んでいない渡島《おしま》小島と渡島大島が沖にぼんやりと浮かんでいる。断崖に打ち寄せる波頭をのぞいていたイソが、だれかを呼ぶように大声を張り上げた。階段国道にも、漁港にも、風車がまわる丘の上にも、人の姿は目に入らなかった。

灯台の高台から一段下りたところに［津軽海峡冬景色］の歌碑が建っていた。

小仏は歌詞を読んだ。イソは、「ごらんあれが竜飛岬北のはずれと」と、大声でうたいはじめた。彼はここへきてからたびたび声を張り上げる。人がいないからか。その歌声はたしかに人を呼んでいた。

　イソはまるで酒を飲んで酔ったかのようだ。なにかに取り憑《つ》かれたように、同じ歌をうたいつづけた。彼の歌声を海からの風がちぎっていく。鳥がまた海の上で列をつくり、くの字に折れて消えていった。

　駐車場へ下ろうとしたとき、遠くからサイレンの音がとぎれとぎれにきこえ、やがて近づいてきた。パトカー、黒い乗用車、ワゴン車の列が駐車場へ入ってきた。車から飛び降りた人たちが枯草色の傾斜地へ向かっていった。その先の海辺で赤い旗が振られていた。なにかが発見されたというのだろう。

　小仏とイソは駐車場へ下りた。制服警官が柵をつかんで立っていたので小仏は近づいた。

「なにかが見つかったようですが」

　三十歳ぐらいに見える警官にきいた。

「そうです」

「なにが見つかったんですか」

「あなたたちは……」

　警官は腰に手をあてていた。

ここで事件に遭った人の関係者だと答えた。

「ここにいてください。ここからなかへは入れないので」

警官は柵に手を掛けた。

「なにが見つかったんですか」

小仏がもう一度きいた。

「ご遺体のようです」

警官は密《ひそ》やかな答えかたをした。

また車が二台やってきて、パトカーの後ろにとまった。後ろの車から降りた黒いジャケットの男を、体格のいい男が抱きかかえるようにして、枯れ草の生い茂った傾斜地へ入った。

発見された遺体というのは大杉昌比古にちがいないだろう。抱きかかえられるように斜面を下りていった男性は、大杉の身内ではないか。勇也という長男が青森の警察へ行ったと次男がいっていたのを、小仏は思い出した。

小仏とイソは、[青函トンネル本州方基地龍飛]の看板を向いて黙りこくっていた。柵に手を掛けている制服警官は、石の像のように身動きしなかった。

小一時間経った。草むらのなかを動く何人かの姿が見えはじめ、毛布にくるまれたものがワゴン車に乗せられた。小仏とイソはワゴン車を向いて手を合わせた。何台もの乗用車がワゴン車のあとについていった。

イソはのろのろと車を出した。海辺のさびれた集落を左の窓に映しはじめたところで小仏は警視庁の安間に電話した。龍飛崎の枯れ草の斜面で発見された遺体は、やはり大杉昌比古だった。長男の勇也が発見現場で父親であるのを確認したという。大杉がどんなふうに死亡していたかの連絡はまだ受けていない、と安間は答えた。

3

小仏とイソは、青森駅近くのホテルに泊まることにした。

安間からの連絡で、桑畑松市と大杉昌比古は少年時代の何年かを、長野県の伊那《いな》で暮らしたらしいことが分かった。

少年時代を信州で送ったというが、二人とも長野県生まれではなかったようだ。二人とも八十三歳。長い戦争が終ったのが十歳のときだ。他県生まれの者が少年時代をすごしたのだとしたら、戦時中一時期だが疎開していたのではないだろうか。

ホテルにチェックインできたので、外で食事をすることにして、フロント係に郷土料理の店をきいた。

フロント係は、宿泊客のために手書きしたらしい地図を出して行き方を教えた。そこは「津軽漁《いさ》り火《び》」という居酒屋だという。

風が鳴った。一気に冬がきたように頬を叩く風は冷たかった。人影がまったくない広い道路を海に向かって歩いた。教えられた店はすぐに分かった。店へ入ると魚を焙っている匂《にお》いがして、腹の虫が口を開けた。壁には、ねぶた祭の張り子が鋭い目を光らせている。すでに酔っているらしい客のざわめきがきこえた。

酒を頼むと、小魚を二尾のせた小皿が出てきた。魚は焙ってあった。なんという魚か知らないがほどよい塩味で旨い。小仏もイソもすぐに、昼間、龍飛漁港で漁師のおやじが焼いてくれた細長い魚の旨かったのを思い出した。

刺し身をオーダーした。マグロ、ホタテ、カニ、スルメイカ。そしてイカのわたのたまり漬け。柿を薄く切ったのが添えられていた。イソは、どれも旨いといって大口を開けて食べ、酒を飲むと低く唸った。

衝立《ついたて》の向こうから三味線の音がきこえてきた。酒を運んできた女性店員に、客が弾いているのかときくと、三味線を持った男の流しがきたのだという。流しといえばギターが相場だと思っていたが、三味線というのはいかにも津軽らしい。

「所長。きょうはいい日だね」

ぐい吞《の》みを持ったイソの手が揺れはじめた。彼は、龍飛崎で高齢の男が二人、殺害された事件を忘れてしまったようだ。

「所長。大根の漬物食いたくなった」

「勝手に頼め」

「所長は食いたくないの」

「食いたい。こっちじゃガッコ割りっていうんだ」

真っ白い大根漬けは不ぞろいに切ってあった。

三味線の流しは民謡をうたっていたが、客の希望に応じたのか、演歌をうたいはじめた。その歌声をきいてイソも、「北へ、北へ」とうたった。小仏は黙ってうたわせていた。

一夜泊まりの船が泣く
花散る夜を裂くように
汽笛ひと声月に吠えてる海峡を
イソは、隣の席の三味線の音を伴奏にするように高い声でうたった。

エミコから電話が入った。

「京都へ一緒に行って欲しいという女性に同伴することにしました」

「その人は京都のどこへ行きたいんだ」

「嵐山《あらしやま》の念仏寺《ねんぶつじ》をお参りしたいそうです」

「化野《あだしの》だな。いまはいい時季だ。ついでに二尊院《にそんいん》へ案内してやるのもいい。その人はいくつなんだ」

「七十八歳で、念仏寺へ行ったら、それが最後の旅になりそうといっていました」

「嵐山の念仏寺に、なにか思い出でもあるのかな」

「二十八歳のとき、観光で嵐山へ行き、天龍寺《てんりゅうじ》を参詣したんですが、連れていった三歳の長女がいなくなったそうです。勿論《もちろん》、警察にも連絡してさがしてもらったのですが、行方知れずで、なんの手がかりもなかったそうです」

「攫《さら》われたんじゃないのか」

「たぶんそうだと思います。それで、お嬢さんは石仏になったものと信じているといっていました」

念仏寺の境内には約八千体の小石仏と小石塔が集められている。三歳の娘を天龍寺で見失った母親は、娘が石仏になっているのではと仮想し、終末期を迎えたいま、娘に謝りたくなったのだろう。

「その女性は健康そうなのか」

「とても七十八歳には見えないくらい若いです。五年前に同い歳だった夫を失《な》くし、現在は独り暮らしをしているということです」

「夫はなにをしていた人なんだろう」

「タクシー会社の職員を七十歳までやっていたそうです」

エミコは明後日、その女性と京都旅行に出発する予定だといった。

「三味線の音がきこえますが」

「ホテルで紹介された居酒屋にいるんだ。三味線をかついだ流しがきているんだが、イソは酒に酔って、三味線の音に合わせて歌をうたっている。もうどこにいるのか、なぜ青森にいるのかも忘れているようだ」

「いいじゃないですか。昼間はしゃんとしているんですから」

エミコは、青森は魚が旨いでしょときいた。

小仏は、マグロとホタテとホッキ貝が旨かったと答えた。


翌朝、灰色の雲が裂けて陽が差した。もう一度、龍飛崎へ行ってみることにした。

桑畑松市と大杉昌比古の二人が、どうして龍飛崎で死んだのか。いや、二人は殺されたのだった。二人は争ったのではない。何者かに襲われたものにちがいない。二人が遺体で発見された地点は雑草の生い茂った原野で、五百メートルばかりはなれていた。

けさのイソはほとんど口を利かなかった。ゆうべ津軽漁り火で旨い肴を食べて酒を飲んだだけでなく、流しの三味の音に合わせて演歌を何曲もうたっていた。そのせいで、けさは、喉《のど》を痛めたような嗄《しゃが》れた声を出している。

左の車窓には北海道新幹線の線路が長く延びていたが、通過する列車の姿は見えなかった。

三厩をすぎて二十分ばかり走ったところでイソは、なにもいわずに車をとめた。からだを倒されそうなほど冷たくて強い風を受けた。十歩ばかりのところが海で、黒ぐろとした岩に波頭が嚙みついていた。小仏も海を向いてイソに並んだ。風と波はゴー、ゴーと吠えて、目の前でしぶきを舞い上がらせた。波の露としぶきのなかを海鳥が、とぎれとぎれに鳴いてくぐっている。

龍飛崎に着いた。階段国道の草原と、灯台近くの草原には黒いコートの警官の姿があった。

桑畑と大杉の死因を考えているところへ、安間から電話があった。

大杉も桑畑と同じで、丸太状の凶器によって腹部と背中を強打されたのが死因だという。

犯人は一人だろうか。二人のうちどちらが先に殺《や》られたのか分からないが、丸太を振りかざした人間が襲ってきたので、草原へ逃げた。犯人は一人を倒すともう一人を追いかけて、やはり草原で殴り倒したのではないだろうか。

犯人は狂ったように丸太を振りまわしたのだろうが、二人が桑畑であり大杉であることを知ってのうえだったろうか。

「二人は、何年も前から、犯人に狙われていたんじゃないかな」

風が掻《か》きまわしている草原を向いてイソがいった。

「何年も前からか」

「二人が一緒にいる機会は何度もあっただろうけど、人目があって、襲うことはできなかった。ところがここには、人目なんかまったくない。逃げまわる二人を追いかけても、人の目には触れなかった」

小仏はイソのいうことにうなずいた。

きょうも北西の方向の海に、渡島小島と渡島大島が影のように見えた。二つの島に人は住んでいないという。［津軽半島龍飛崎］と書かれた杭《くい》の向こうに白い灯台が立っていた。

きょうも階段国道の頂上から龍飛漁港を見下ろした。眠っているように見える港へ、白い船が入っていった。

「殺された桑畑と大杉は、ここへレンタカーできたのかな」

イソが首をかしげた。

「そうか。二人がなにでここへきたかを忘れていた。二人とも八十三歳。レンタカーは利用しないと思う」

「路線バスかな」

「バスは本数が少ないし、帰りが不便だ。タクシーじゃないか」

「そうだ。タクシーの可能性がある」

イソは急に目が覚めたようにスマホを検索した。

タクシー会社が三社あるという。いずれも奥津軽いまべつ駅の近くだ。

小仏は警視庁の安間に電話して、桑畑と大杉は、タクシーで龍飛崎へ行ったのではないのかときいた。

「そのとおりだ。桑畑さんと大杉さんは、十月二十日に羽田から青森へ行って、たぶん青森市内見物をして一泊した、どこへ泊まったのかは目下捜査中。次の日は、青森から津軽線で蟹田《かにた》を経由して津軽二股へ行き、そこから龍飛崎へはタクシーを利用した。そこに着くと、三時間後に迎えにきてもらいたいといって、タクシーを降りた。利用したタクシーは蟹津《かにっ》観光の8号車で、運転手は宇部四郎《うべしろう》。宇部は約束どおり三時間後に駐車場へ着いた。が、三十分待っても一時間待っても二人はもどってこなかった。それで宇部は、どうしたものかと会社に電話した。会社の配車係は、そのお客様は龍飛へ泊まることにしたのではないかといい、宇部には引き揚げるようにと指示した」

小仏は、分かった、といって電話を切った。

宇部運転手が配車係と連絡を取り合っていた時点では、桑畑と大杉が遭遇した事件は発覚していなかったのだ。

4

タクシー会社の蟹津観光に電話して、宇部運転手に会いたいが連絡が取れるかときくと、きょうは休みで三厩駅近くの自宅にいるはずだといわれた。

小仏とイソは、坂道を駐車場へと駆け下った。

宇部に会うことができた。彼は五十歳見当で髭《ひげ》が濃かった。

「二十一日に龍飛まで送った二人を、よく憶えています。正午ごろに龍飛の駐車場に着きました。龍飛の港と青函トンネル記念館を見たいといって車を降りました。それから、午後三時に迎えに行く約束をしました」

だが桑畑と大杉は、宇部が待っている駐車場へあらわれなかった。

「車のなかで、なにか話しましたか」

小仏が、無精髭の顎を撫《な》でている宇部にきいた。

「どこからおいでになったのかをききましたら、二人とも東京だといいました。きのう青森に着いたということでしたので、ゆうべはどこに泊まったのかをききましたら、浅虫温泉だといっていました。二人とも八十歳ぐらいだろうと思いましたが、話し声には張りがあって、とても元気そうでした。……二人は、人生の幕引きに龍飛崎に立ってみたくなったのでやってきたのだといっていましたけど、まだ何年も元気でいられそうに見えました。私の父は去年、七十七歳で亡くなりましたので、旅行のできる二人を見て、うらやましく思いました」

宇部の声は細くなった。彼の車にもどってこなかった二人は、津軽海峡を見下ろす高台で無惨《むざん》なかたちになっていた。

宇部は固く目を瞑って身震いした。車のなかで二人が仲がよさそうに話していたのを憶えているといって、両の拳《こぶし》をにぎった。

「被害者は、桑畑さんと大杉さんですが、その二人が乗った宇部さんの車を、尾《つ》けていた車はなかったでしょうか」

小仏は宇部の顔をじっと見てきいた。

「気がつきませんでしたが、尾けられていたんでしょうか」

「その可能性はあります。……二人を乗せて龍飛の駐車場に着いたとき、車は何台もとまっていましたか」

「五、六台はとまっていたような気がします」

「あなたは、二人を降ろすと、すぐに車を出しましたか」

「いいえ。十分ぐらいはとまっていました」

「車を降りた二人の後を、追っていくような人はいなかったでしょうか」

「そういう人を見た憶えはありません」

宇部の記憶によると、桑畑と大杉は、まず青函トンネル記念館を見学すると話していたというから、日本一短い私鉄といわれる「青函トンネル竜飛斜坑線・もぐら号」に乗って、坑内を見学したことだろうという。

「ごめんください」

小仏の背中で男の声がした。彼は振り向いた。紺のスーツ姿の二人が、小仏の顔をにらんだ。二人は青森県警の刑事だった。


小仏は、車のなかから安間に電話した。

「桑畑さんと大杉さんは、東京を発《た》った十月二十日は浅虫温泉に泊まったらしいが、その情報は入っているか」

「一時間ばかり前にそれが分かった。青森県警が市内の宿泊施設をあたっているうちにそれが分かったらしい。……二人が泊まったのは浅虫温泉の待木屋《まちきや》ホテルだった」

警視庁へ入った情報は、二人の宿泊地が判明したということだけだという。

浅虫温泉ときいて小仏は、由木すみれという二十六歳の女性を思い出した。彼女は少し歳の差のある男と交際していたのだが、男は病に斃《たお》れて死亡した。その男の出身地は浅虫だった。彼女は男の妹と一緒に、男の遺骨を抱いて浅虫へ行き、寺で納骨すると、海の見えるホテルに一泊したということだった。

国道二八〇号を疾駆して浅虫温泉に着いた。ホテルが窓を海に向けて点々と建っている。目の前の海には樹木におおわれた湯の島が浮いていた。ところどころで葉が色を染めはじめているらしい。右手に見える岬の先には裸島という岩が立っていた。湯の島の沖を白い船が左のほうへ走っていった。

待木屋ホテルは山を背負ったやや高い位置から、海と街と駅を見下ろしていた。浅虫温泉駅に、青い森鉄道の二両連結の電車が入ってきたところだった。

駅の前にはくの字のかたちの足湯があって、四、五人の男女が浸っていた。

小仏は待木屋ホテルのフロント係に、桑畑と大杉が最後の夜をすごした宿なので、その夜の二人がどんなだったかを知りたいといった。するとフロント係は電話を掛けた。

ロビーのソファにいると「つたえ」という名札を胸に付けた四十代半ばの女性がやってきて、小仏とイソに腰を折った。十月二十日に桑畑と大杉が宿泊した部屋を担当した者だといった。

つたえは小仏たちの正面へすわった。

「お二人は、畳の部屋とベッドがある部屋へお泊まりになりました。背の高い方がベッドをお使いになりましたけど、どちらがベッドを使うかをじゃんけんで決めていました。お二人とも八十三歳だときいてびっくりしました。とてもとても、そんなお歳には見えなかったからです」

つたえは、ホテルのレストランで夕食を摂《と》った二人のようすを憶えていた。

「お二人とも、旅行できたのがうれしかったようで、にこにこしながらお酒を召し上がっていました」

「どんな酒を飲みましたか」

小仏がきいた。

「たしか生ビールで乾杯されて、そのあと、お二人とも日本酒になさいました。背の高い方が大杉さんでしたね。大杉さんはお酒が強いらしくて、グラスに注いだ日本酒を何杯もお代わりされたのを憶えています。……大杉さんはお料理を運んでいくたびに、『これはなに』とおききになりました。ホタテのつけ焼きとイカのこのわた和《あ》えを、おいしいとおっしゃっていました」

二人とも料理をきれいに食べたが、桑畑は満腹だったのかタイの釜飯を食べなかったという。

次の朝、大杉は、『きょうは龍飛崎へ行く』と何度も口にしていたという。かねてから行きたいと思っていたところで、やっと念願がかなったというようないいかたをしていたという。

　桑畑と大杉は、つたえに見送られてタクシーに乗った。青森駅へ行き、そこからは津軽線に乗るといっていたのを、つたえは憶えていた。

「お二人とも、とても楽しそうでしたのに」

　つたえは声を震わせた。

　二人のようすを観察しているような、あるいはホテルを出ていった二人の後を尾けているような素振りの人はいなかったかをきいたが、彼女は気付かなかったと答えた。

「二人を殺した犯人は、龍飛崎で偶然、二人に出会ったのかな」

　ハンドルをにぎってイソはいった。

「いや、犯人はずっと二人の後を尾けていたと思う」

「ずっとっていうと、東京から」

「そう。どちらかを自宅から尾行していたと思う」

「自宅から。いつ出掛けるか分からない者を、何日も前から張り込んでいたっていうの」

「どちらかが旅行に出る素振りを見せたんじゃないかな。あるいは本人から直接、何日に旅行に出るときいたのかもしれない」

「それをきいたのだとしたら、そいつは知り合いっていうことになるね」

知り合いだったと思う、と小仏はいった。

「所長は、どっちの知り合いだと思ってるの」

「分からない。ひょっとすると、犯人は、二人の知り合いかも」

「二人とも殺られているんだから、共通の知り合いだったたっていう見方が、あたっているかもね」

青森の市街地へ入った。昨夜宿泊したホテルにもう一泊することにして車をその方向へ向けた。

小仏は、桑畑と大杉の殺されかたをあらためて考えた。二人は丸太状の凶器で殴り殺されていた。それは単なる恨みや、秘密の暴露に対する制裁ではないだろう。根深い怨念《おんねん》が原因のような気がする。

安間から電話があった。彼は、いまどこにいるのかときいた。

「青森市内だ。二人が不慮の死を遂げる前夜に泊まった浅虫温泉のホテルでのようすを、聞き込みした。二人とも料理に舌鼓を打ちながら酒を飲んでいた。係の女性の印象に残っているのは、二人は楽しげで、にこにこしていたそうだ」

「そうか。二人とも八十三年間も生きたのだから、いろんな思い出があっただろうな」

安間の連絡は、桑畑松市と大杉昌比古の経歴の一部についてだった。

桑畑は東京生まれで、東京の小学校にかよっていた。大杉は横浜に住んでいた。昭和十八年の夏ごろから日本の戦局が危うくなりはじめると、米軍は日本の本土空襲を激化させた。都市や軍事産業の拠点は空襲の標的にされることから、児童を農村へ疎開させることが奨励された。

桑畑と大杉は、長野県上伊那《かみいな》郡飯島《いいじま》というところの農家を頼った。親戚《しんせき》でも知己でもなかった二人は地元の小学校に入ってから知り合った。集団疎開が実施される前のことで、都会からの転校生は桑畑と大杉だけであった。二人は高校卒業時まで飯島にいたことが記録されているという。

小仏は、桑畑の娘の矢野まみ子に電話した。

「お父さんは、小学校から高校までを、長野県の伊那ですごしているようですが、そのころの話をきいたことがありますか」

と尋ねた。

「子供のころ、六月ごろまで雪のある山を眺めて育ったということと、高校を卒業する直前に、お母さんが亡くなったという話を、何度もきいていましたけど、それ以外のことはほとんど話さなかったと思います。わたしも父の少年時代のことをきこうとしませんでした」

彼女はどうやら父親の経歴には関心がなかったようだ。

小仏は、大杉の次男の伸良にも電話して、父親から少年時代の話をきいたことがあるか、と尋ねた。

「あります。小学校から高校まで、長野県の農村で育ったとききました」

「桑畑さんとは、信州の伊那でお知り合いになって、以来親交を深めていったということです」

「それは知っていますし、小学生と中学生のころは食糧難だったといっていました。私の家での食事は質素でしたが、それは戦時中、食べ物が不足していたころの影響だったと思います。食糧難だったと話すわりには、酒をよく飲むので、子どものころの空腹や痛みは、忘れてしまったんだろうと、兄とよく笑ったものです」

小仏は、「食糧難」という言葉を久しぶりにきいた気がした。イソにそれをいうと、

「働き盛りの男たちはみんな兵隊に取られてしまったんで、耕作する人が少なかったんじゃないの」

それも一因だが、当時は米にしても品質が劣っていたのだ。それと日本人は米に頼りきっていた。

5

青森市から長野県上伊那郡飯島町への行きかたを検討した。

「えっ、そんなところへ行くの」

イソは目をむくような顔をした。

「安間が、桑畑松市と大杉昌比古が少年時代を送った土地のことをいった。二人が暮らしていたところへ行けば、なにかが分かりそうだと思ったんだ。青森にいても二人が消された原因をつかむことはできない」

イソは眉間に皺を立てながらスマホを検索しはじめた。小仏も同じようにスマホをさぐった。

「高速バスを乗り継ぐという手もあるけど……」

検索はイソのほうが達者である。

「何回か乗り換えがあるが、列車のほうが乗り換えの便利がいいし、目的地へは早く着けそうだ」

小仏がいうと、イソも列車のほうが便利だといった。早朝の列車に乗れば、午後には現地に着けることが分かった。

「えっ。新青森を六時十七分発に乗る。朝メシはどうするの」

「おまえは、飲み食いのことばっかり心配してるんだな」

「食事は重要なことです」

「一食ぐらい抜いたって、死にゃしない」

「雇い主が、そんなこといっていいの。所長、この世に労働基準法っていうのがあるのを、知らないでしょ」

「知らん」

「労働者に、食事を与えないし、食事の時間さえも与えない。休憩時間もないし、充分な睡眠を取らせようともしない」

「そんなことはないだろう。おまえは普通の人の倍はものを食うし、酒を飲む。起きていても眠っているとしか思えないような面《つら》をしている。なんとか基準法っていうものがあったとしても、おまえにだけは適応されない」

「けーっ。鬼だ、悪魔だ。いまにバチがあたる。所長はたぶん、火炙《ひあぶ》りか、釜茹《かまゆ》でにされるだろう。そうならなきゃ世のなか不公平だ」

イソはもがくように肩と腕を大きく動かした。が、今夜も津軽漁り火で食事をしようといった。流しの三味線の音がよみがえったようだ。

「あしたの朝が早いんだ。今夜はコンビニのにぎり飯でも食って、早寝するぞ」

「コンビニの……。そんな、地獄に突き落とすようなこといわないで。今夜は、酒を一杯だけにするから。ホタテとイカわたのたまり漬けが、旨かったじゃないの」

小仏はイソがいっていることがきこえなかったようにホテルの玄関を出ると、五十メートルばかり歩いて、焼き鳥屋の暖簾《のれん》をくぐった。入口はせまいが奥行きのある店だった。

「今夜は一杯だけだぞ」

小仏がいうと、イソは黙って恨めしそうな目をした。

イソが料理をオーダーする前に小仏は、焼き鳥丼を二人前頼んだ。イソはコップの酒をちびりちびり飲《や》りながら、小仏の顔をにらんでいた。

すぐに焼き鳥丼が出てきた。小仏は四角に切った鳥肉を箸でつまんだ。

「これは旨い」

小仏はいったがイソは無言だ。コップの酒を半分ほど飲むとイソは箸を持った。一口食べると目尻を下げた。


翌朝は冷たい風が唸っていた。新青森から六時十七分発の「はやぶさ」に乗った。座席は半分ほどしか埋まっていなかった。

一時間足らずで盛岡に着いた。乗客がどっと乗り込んできて八割がた座席を埋めた。

弁当とお茶を買い、眠っているのかふて寝しているのか、目を瞑っているイソの膝にのせた。

イソは、細く目を開けると、無言のまま丁寧に包み紙をのぞいて、ほのかに温かいご飯を食べた。小仏より早く弁当を食べ終えると、空き箱を包み直した。小仏が食べ終えた弁当の空き箱も包み直すと、それを捨てに立っていった。まるで失語症に陥ったようにものをいわず、座席にもどってくるとまた腕組みして、目を瞑った。

仙台で座席がほぼ埋まった。小仏は大宮まで眠っていた。

大宮から新宿へ出て、十時発の特急「スーパーあずさ」に乗った。

「住んでるとこと、事務所を素通りしたようで、へんな気分だね、所長」

新宿ではイソが弁当とお茶を買ってきた。まだ昼食どきではなかったのに、二人は弁当を開いた。

中央本線のこの列車は、八王子でほぼ満席になった。

「所長は毎日、苦虫を噛み潰したような仏頂面をしているけど、なにか楽しみがあるの」

イソは急に小仏のほうを向くと唐突にきいた。

「人にものをきくのに、仏頂面はないだろ」

「歌舞伎町の日本人ばなれしたおねえさんとは、いまもつづいてるの」

「出し抜けになんだよ」

「たしか、ルシアさんだったね。脚が長くて、まるいケツがくりっと出てて」

「失礼な言いかたするな」

ルシアの本名は梨田良子《なしだよしこ》。静岡県生まれの二十六歳。四年前、小仏が警視庁を辞めるきっかけの一端になった女性で、現在、「クラブ・ダイリーガー」というあまり上等でないクラブにつとめている。小仏は月に一度ぐらいはルシアに会いに歌舞伎町へ行く。一緒に軽く食事をして店へ同伴している。彼女のいる店へイソを連れていったことがあるし、彼女が小仏事務所を見にきたこともある。

ルシアは口数が少ない。『お客さんから血液型をきかれたことがあるけど、わたしは答えなかった』といったことがある。なぜ答えなかったのか知らないが、B型であるのを小仏は知っている。因《ちな》みに小仏の血液型はO型である。

「おまえは、あの肉付きのいい娘《こ》といいところまでいってるのか」

亀有の「バー・ライアン」のホステスのキンコのことをいった。

「まあね」

イソは耳の穴に指を突っ込んだ。

キンコの本名は伊達君子《だてきみこ》で、二十五歳といっているがじつは二十八歳だ。話しかたはやさしげだし、気立てはよさそうだ。イソがいないとき小仏は、キンコの生い立ちをきいたことがあった。

出身地は秋田県男鹿《おが》市の船川《ふなかわ》というところ。彼女が八歳のとき、船に乗って漁に出た両親が帰ってこなくなって、船も見つからなかった。彼女は五歳下の妹と生き別れ、親戚の夫婦にあずけられて成長した。高校を卒《お》えると上京して、新宿のそば屋で店員をしていたが、二年前にライアンへ入った。力士のような体格のママに気に入られている。

イソは、キンコが入ってからたびたびライアンへ通うようになった。カウンターに額を押しつけて眠り込んでしまい、ママに氷水を背中に入れられたこともあるという。


小仏とイソは、上諏訪《かみすわ》まで眠っていた。辰野《たつの》で飯田《いいだ》線に乗り換え、二時間あまりで飯島に着いた。二人は駅前に立つと両腕で天を突いた。

西側の中央アルプスは間近で、東側には南アルプスの峰がしらが連なっていた。安間からは桑畑が少年期を送った地名をきいていたので、駅員にそこへの行きかたを尋ねた。

若い駅員は付近の地図に目を近づけていたが、反古《ほご》にした印刷物の裏へ地図を描いてくれた。それには天竜《てんりゅう》川を渡るようにとあった。

駅を出てから三十分後に目当ての地域に着いた。緩い坂道沿いに農家風の古い家が間隔をおいて何軒か並んでいた。家々のあいだを縫うように小川が流れていて、その水は飲めそうなほど澄んでいる。どの家にも柿の木があって、赤い実をつけていた。

土蔵のある家の広い庭へ入ると、犬が吠えた。柴犬《しば》だ。吠えながら尾を振っている。母屋には「菅沼《すがぬま》」という太字の表札が出ていた。

開け放されている玄関から背中をまるくした女性が出てきた。犬は鳴きやんだ。

小仏は、古いことをききにきた、と挨拶した。

「古いことというと、いつごろのことですか」

六十代半ばと思われる女性は眉間に皺をつくった。

「戦争と終戦をはさんで、この飯島で小学生から高校卒業までを送った、二人の男性のことをききにまいりました」

小仏があらたまった口調で話したからか、この家の主婦らしい女性は拝むように両手を胸にあてていたが、主人を呼ぶといって柿の木の下をくぐった。
四、五分経つと帽子をかぶった陽焼け顔の男が庇に手をやって出てきた。この家の主人だった。
主人は犬のいる庭へ折りたたみ椅子《いす》を置いた。帽子を脱ぐと額の半分が白かった。

「都会からきて、ここで高校を卒えたという人は、なんという人ですか」

主人は小仏たちの用件に関心を持ったようだ。

「桑畑松市さんと大杉昌比古さんです」

二人は数日前に青森県の龍飛崎で他殺体で発見された、と小仏は話した。

「その事件なら、テレビのニュースで観ました。二人とも年寄りでしたね」

「八十三歳でした。二人は東京に住んでいて、わりに大きい会社の役員をしていました」

菅沼はなにかを思いついたらしく、後ろに立っている妻に話し掛けた。妻はうなずくと家のなかへ引っ込んだ。

十分ばかり経つと妻は黒いケータイを持って話しながら出てきた。会話の途中で、菅沼にそれを渡した。彼は会話のなかで何人かの名を口にした。相手のいうことにうなずいて何度も首を動かしていた。

電話を切ると、

「いま電話していたのは、八十四歳のおじいですが、桑畑と大杉という人のことを憶えていそうな人をさがすといっていました。この辺に八十代の人は何人もいますが、耳が遠かったり、まともに会話できなくなった人もいます」

小仏は、そうだろうと相槌《あいづち》を打った。

妻がお茶をいれてきた。

菅沼が手にしているケータイがチリチリと鳴った。

彼は相手の話に、「そうか、そうか」と首を動かしていたが、電話を切ると不慣れな手つきで番号を押した。べつの人に電話を掛けたのだ。

「菅沼だが、おじいはおるか」

相手の人は、「います」と答えたらしい。

電話は、菅沼に「おじい」といわれた人に代わったようだ。菅沼は、桑畑と大杉の名を何度か口にして電話を切ると小仏のほうを向いて、

「いま電話したのは池戸《いけど》という人で、八十三歳です。二人の名をいったら、二人とも東京の大学へすすんだ人だろうといいました。池戸さんは、桑畑さんと大杉さんが住んでいた家を憶えているそうです」

池戸家へ行ってみようと菅沼は椅子を立った。

第三章　伊那の日記

1

菅沼に案内されて訪ねた池戸家も農家で広い庭があった。玄関の脇に大きい犬小屋があって、漆黒のレトリーバーと白いトイ・プードルが、入ってくる人をにらんでいた。

玄関へ出てきた女性は五十代半ばに見えた。池戸の息子の妻のようだった。

池戸は座敷の赤黒い座卓を前にして正座していた。

小仏は名刺を渡して、イソと並んですわった。

池戸は大きい顔をしていて頭には毛がなかった。酒を飲んだような赤ら顔だ。

「下の名前は忘れたが、桑畑と大杉の名は憶えとる。二人とも小学校一年のときに、東京からやってきたんだったな」

話し声は嗄れている。

「一人は横浜からでした」

大事なことをきくので小仏が訂正した。

「そうだったか。……二人とも父親は兵隊に取られとったらしい。桑畑とお母さんは、竹藪《たけやぶ》を背負っとる木下《きのした》という家へ、大杉はお母さんと一緒に神社の横の古川《ふるかわ》という家へ世話になった。二人とも四年生まで私と同じクラスだったが、五年から大杉はべつのクラスになった。……二人は仲よしで、行きも帰りも一緒だったのを憶えとる。二人のうちどっちだったか忘れたが、ここの土地になじめなかったようだった。私は親からきいたことだが、桑畑の姉は、米軍の空襲に遭って亡くなったということだった。戦争が激しくなると、いいや戦争が激しくなったというよりも、都会が米軍の空襲に遭ってるので、何人かの生徒がこの辺の農家へあずけられた。親と一緒でなくて、子どもだけというケースもあった。私の家でも、名古屋からきた姉妹をあずかっていた。妹のほうはからだが弱かったらしくて、しょっちゅう学校を休んで、いつもメソメソ泣いとったのを憶えとる。私の母が、その女の子を叱《しか》りつけるので、部屋の壁に頭を押しつけて泣いとった。その姉妹は、戦争が終るとすぐに名古屋へもどった。私は飯島駅で、お母さんに連れられて名古屋へもどる姉妹を見送ったのを憶えとる。姉は私より一つか二つ上だったような気がする」

池戸は毛のない頭に手をやって顔を仰向けた。母親に連れられて飯島をはなれていった姉妹の姿を、久しぶりに思い出したにちがいない。もしかしたら池戸少年はその姉妹にはもっと長く家にいて欲しかったのではないか。

「その後、その姉妹にはお会いになりましたか」

「一度も会っていません。姉妹にとって飯島での暮らしは、楽しいものではなかったと思います。二人は名古屋でどんな暮らし方をしていたのか知りませんが、飯島では、いや、私の家では毎日、サツマイモに塩を振りかけて食べていました。戦争が終りに近づいたころは、その塩さえも乏しくなっていました。私の家は農家なのに、米も麦も貴重で、ごくたまにしか米を炊かなかったのを憶えています。母は、他人である姉妹に、白いご飯を食べさせたくなかったのかもしれません。ですから姉妹は、飯島にいたころのことを思い出したくなかったんじゃないかな」

「その姉妹の家とはご親戚でしたか」

「いいえ、そうではなかった。私の父が名古屋へなにかを買いに行ったとき、姉妹の父親と知り合ったというだけの間柄だったようです。そんな付合いの浅い知り合いでも、頼らなくてはならん切羽つまった時代だったんでしょう」

「その姉妹か母親から、手紙はきましたか」

「さあ、憶えていない。手紙はこなかったかもしれない」

池戸は白いコピー用紙を広げると、自分の家と、菅沼家と、桑畑が世話になっていたという木下家と、大杉が同居していたという古川家の位置を描いた。古川家の横は神社だ。神社の北側に塩野《しおの》という家を描いた。

「この塩野という家には、八十五歳のおじいがおる。おじいは耳が遠くなっただけで、頭はしゃんとしとるし、足腰も丈夫そうだ。いまも毎日、新聞を読んどるし、よく本も読んでいる。農家の倅《せがれ》だったのに、農作業が嫌いで、一人前の大人になってからも神社の床下にもぐり込んで本を読んでいたという変わり者だった。元気の秘訣《ひけつ》は、毎晩、日本酒を二合ばかり飲むからだと、息子からきいたことがある。……小仏さんは、その塩野のおじいに会ってみるといい。おじいは桑畑と大杉を憶えとるんじゃないかと思う。二人はとび抜けて勉強ができたし、高校での成績も優秀ということで、二人とも東京の大学へすすんだ。いまとちがってそのころこの農村には、大学へすすむ人は少なかったでな」

小仏とイソは、礼をいって池戸家をあとにした。池戸が描いてくれた地図をイソがたたんでノートにはさんだ。塩野家へは菅沼が案内してくれた。あちこちの田圃には稲架があった。稲架にとまっていた雀《すずめ》が一斉に飛び立った。

池戸家より一段高いところに立ったので東側を振り向いた。菅沼が、左手から鋸《のこぎり》岳、仙丈《せんじょう》岳、伊那荒倉《いなあらくら》岳だと指差した。山肌の頂稜《ちょうりょう》近くを白い雲が南へと流れていた。

塩野が八十歳の妻と住んでいる離れ家には柿の木が二本あって、色づいた実がたわわに成っていた。母屋には息子の家族が住んでいて、この家も農業だった。

塩野は重太郎《じゅうたろう》という名でわりに大柄だった。頭には白い髪が少しだけ残っているが髭《ひげ》は濃いらしく、顎に白い鬚《ひげ》を伸ばしていた。

小仏が名刺を出すと、塩野はメガネを掛けた。

「探偵事務所か。仕事は面白そうだね」

塩野はにやりとした。

「面白いことはありません。人が隠していることをさぐる仕事ですので、暗い気持ちになることもあります」

「お見受けしたところ、小仏さんは四十代半ばのようですが、ずっと探偵事務所を……」

「四年前まで警視庁に勤めていました」

「ほう。警視庁では、どんな部署に」

塩野は好奇心が旺盛《おうせい》らしい。

「捜査一課です」

「じゃあ、殺人事件の捜査をやってたんですね」

「毎日が、その捜査でした」

「私はね、若いとき、刑事になりたかったんです。あるとき、伊那署の刑事が、若い女をかくまっていないか、かくまっていそうな家を知らないかという聞き込みにきました。若い女なんか見たこともないと私は答えましたけど、刑事の仕事が面白そうだったので、お茶を出して、刑事の仕事についてきいたんです。そうしたらいまのところ伊那署には事件らしい事件は起こっていないので、毎日、新聞を開いて広告まで読んでいるといっていました。私は、新聞を隅ずみまで読んでいる刑事なんか想像していなかったので、刑事になるのをやめました」

塩野の声は話しているあいだに大きくなった。

彼の妻は腰が曲がっているが、顔の色艶はよく、塩野よりも耳は遠くなさそうだ。

彼女はリンゴを切って座卓へ置いた。

「おじいは、桑畑松市と大杉昌比古を覚えとるか」

菅沼がきいた。

「青森のなんとかいうとこで殺されとったという二人だが、まさかここにおった二人じゃないだろうって思っとったが……」

塩野は皺のなかの目を見開いた。

「ここにおった二人だった。小仏さんたちは、桑畑と大杉がここにおった当時のことを調べる必要があって、おいでになったんだ」

「二人は東京に住んでいたのに、青森まで行って、喧嘩でもはじめたのかな」

　塩野は顎の鬚を撫でた。

「喧嘩をしたんじゃない。二人はだれかに殴り殺されたんだ。二人を殺した犯人がだれだかまだ分かっとらん」

「そうか。八十三になる者を二人も殴り殺す。二人はいったいなにをしたのか……。わしは何年か前に、東京の大学へ行った桑畑と大杉のことを人からきいたことがあった。その人の話だと桑畑は大きい会社の役員をしとって、大杉は警視庁の偉い人になっとるということだった。頭のいい二人だったんで、出世したんだと思った。その二人が、八十すぎてから……」

　塩野は目を瞑ると唇を噛んだ。そして、二人の少年時代は暗い毎日だったとつぶやいた。

「暗い毎日とは……」

　小仏は塩野の顔をのぞいた。塩野は苦い水を飲んだように顔をゆがめていた。七十数年前の思い出が頭のなかをよぎっているのではないか。

　塩野は目を開けると、十代のころのことだと低い声で思い出を話しはじめた。

――桑畑は母親と妹とともに木下という農家へ同居した。木下家とはどういう縁つづきなのかは知らなかった。桑畑松市は小学一年生だった。

木下家には当時六十代の夫婦と息子の妻と三人の子どもがいた。息子は兵隊に取られていたので、六十代の主人と息子の妻が農作業をしていた。木下家には水田がないため陸稲《おかぼ》を育てていた。サツマイモも、ジャガイモも、ダイコンの畑も持っていて、その手入れを桑畑の母親が不慣れな手つきで手伝っていた。

松市は学業の成績がいいことで知られるようになった。古川家へ同居した大杉昌比古と仲よしになったことも、生徒間で知られるようになっていた。

冬のある日の夕方のことである。塩野は母と一緒に木下家の前を通りかかった。すると木下家の物置小屋の前に桑畑母子の三人が抱き合うようにして震えていた。塩野は足をとめたが、母に袖を引かれその場を立ち去った。だが塩野の頭には桑畑母子の姿がいつまでも消えなかった。彼の母は、桑畑母子が寒空の下で抱き合っていた理由を知っていたようだった。そのころ、戦火を逃れて都会から疎開してきた子どもや、その親が、どういう目に遭っていたかを、塩野の母は知っていたのだ。だが見て見ぬふりをして通りすぎたのだったろう――

山脈に陽が落ちた。日没の瞬間、貼《は》り絵のような黒い山脈の裏が炎を上げたように空を染めた。それは一瞬で、空はオレンジ色から紫色に変わっていった。

小仏とイソは一泊することにした。まだつかまなくてはならないことがいくつもあった。

案内役を買って出てくれた菅沼が、隣接の駒ケ根《こまがね》市にはホテルがあると教えてくれたので、そこに泊まることにした。

「さっきの塩野のじいさんの思い出話が、耳に張りついてはなれないんだけど」

夕食のテーブルで向かい合うとイソが珍しいことをいった。

「木下という家へ世話になっていた桑畑親子のことだな」

「そう。農村や農家には、不似合いな風景じゃないですか。寒い日の夕方、家の外で母子が抱き合っていたなんて」

「木下という家にも子どもが三人いた。子どもは食べ盛りだったんだ。そこへ桑畑母子が同居した。農家でも食べ物は乏しい時代だったんだ。……もしかしたら八歳か九歳の松市は、『腹がへった』とでもいったかもしれない。それをきいた木下家の主婦は、『みんな腹をすかしているんだ』といったし、『あんたたちがきてから、うちの子たちはご飯を充分食べられなくなった』っていうようなことをいったんじゃないか。あるいは、『あんたたちに食べさせる物はないから、出ていってくれ』っていわれたかも。……ずっと前におれは、長野県出身の年配の人から、戦時中の食い物のことをきいたことがあった。その人の家は農業だったが、山からビョウブ菜っていう木の葉を摘んできて、ご飯にまぜて炊いた。米よりビョウブ菜のほうが多くて、釜のなかは真っ青だったといってた。当時は農家でも米は貴重で、学校の弁当に茹でた芋を持ってくる生徒は珍しくなかったそうだ」

イソは、「ふうーん」というとビールのお代わりをした。

エミコが電話をよこした。きょうの彼女は、「人生を閉じる前に」京都嵐山の化野念仏寺を参詣したいといった女性に同行して、今夜は桂川《かつら》が見える旅館に泊まっているといった。

「これから夕飯か」

「そうです。水巻《みずまき》さんは、いまお風呂です。わたしはお風呂を出ていらっしゃる水巻さんを待っているところです。どこで撞《つ》いているのか、鐘の音がきこえています」

「念仏寺で水巻さんは、どんなふうだった」

「石仏の多さは想像以上だったようで、初めは圧倒されていましたけど、しゃがみ込むといくつもの石仏の頭を撫でていました。そのうちに顔が半分欠けてしまった童児のような石仏を見つけると、それの頭を撫でながら、三十分以上もなにかを語りかけていらっしゃいました。行方不明のお嬢さんに会えたような気になったんじゃないでしょうか」

参詣者は十数人いて、そのなかには外国人の姿もあったという。

二人は化野念仏寺を出ると、エミコが二尊院を見るのをすすめた。釈迦如来《しゃかにょらい》と阿弥《あみ》陀《だ》如来を本尊とするところから二尊院の名が付いたことを、エミコは話した。水巻は二尊院総門の先につづく馬場が気に入ったといって、しばらくのあいだ樹木にはさまれた参道を眺め、手を合わせていたという。

2

次の朝、小仏はいつもより早く目覚めた。旅先だったからではない。昨夜、イソが塩野のじいさんの思い出話が耳に残っているといったが、小仏の頭には幻影のようにある場面が張り付いていた。

小仏はカーテンを開けて窓を向いた。空木岳《うつぎだけ》の頂稜を朝日が茜《あかね》色に染めていた。その色が次第に薄くなっていくのを眺めながら、寒空の下で抱き合っていたという母子三人の寂しさを思った。

小仏とイソは、向かい合って朝食を摂ったが、二人とも一言も喋《しゃべ》らなかった。

食事を終えたところへ、菅沼が電話をよこした。

「塩野のおじいが、また戦時中のことを思い出したそうです。いま話しておかないと手遅れになるといっていますので」

菅沼は車で小仏たちを迎えに行くといった。

きのうの塩野は、木下という家へ戦時中の一時同居していた桑畑母子のことを思い出して語ってくれたが、桑畑母子に関してまたなにかを思い出したようだ。

「塩野のおじいは、きのう小仏さんたちが帰ったあと、押入れに頭を突っ込んで、なにかをさがしていたそうです」

ホテルへ小仏たちを迎えにきた菅沼がいった。

「なにか見つかったんでしょうか」

「昔書いたものでも見つかったんじゃないでしょうか。それを見て、けさ電話をくれたんだと思います」

小仏たちは塩野家に着いた。けさの塩野重太郎は実のついた柿の木を見上げていた。色づいた実を野鳥がつつきにくるのだろう。きのうは見掛けなかったが、塩野の横には肥えた猫がすわっていた。小仏が近づいたので猫はちらりと顔を向けたが、すわったままだった。

塩野は目を細めて小仏たちに「ご苦労さま」というと座敷へ通した。真っ白い髪の妻がお茶を運んできた。

「きのうは久しぶりに戦争中のことを思い出して、桑畑母子の話をしたが、あのころの出来事を書いたものがあったような気がした。それで押入れのなかをさがして、ノートを見つけた。それがこれです」

　彼はそういって灰色のノートの表紙を見せただけで、栞《しおり》をはさんだページを開いた。そこを見せるのかと思ったら、

「ある日、大杉のおばさんが、山谷《やまや》のおばさんといい合いをして、大杉のおばさんが山谷のおばさんに殴られていたと書いてあります。それを読んどったら、そのころの出来事をいくつか思い出しました」

　大杉のおばさんというのは、昌比古の母親のことだった。母親は昌比古を連れて古川家へ同居していたのだが、何か月かすると母親は、庭の垣根の陰に隠れるようにコンロを置いて、なにかを煮るようになった。それまでは古川の家族と一緒に食事の支度をして、一緒に食べていたのにと塩野は不思議な気がしたので、ときどき大杉の母親のようすを観察するようになっていた。

　雨が降る夕方のことだった。古川家の垣根の陰に傘が開いていた。塩野は垣根の隙《すき》間《ま》からそっと傘のなかをのぞいた。驚いたことに傘の下にからだを寄せ合った大杉母子が、椀《わん》を持ってなにかを食べていた。二人の前にはコンロが置かれて小さな鍋がのせられていた。

　それを見て塩野は、古川の家族と大杉母子の関係を想像した。大杉母子は古川家の

人たちと一緒に食事の支度をしたり、一緒に食事をすることができなくなったらしかった。ひとつ屋根の下に住みながら、両方の家族はいがみ合う関係になってるのを、塩野は想像して身震いした。

傘の下で食事をしていた大杉母子を見てからしばらく経つと、畑の物が盗まれるという噂《うわさ》を大人の口からきくようになった。サツマイモが畑から掘り盗《と》られたとか、畑のダイコンが引き抜かれるという被害が、何か所かで発見されたという。それは被害としては小さいものだったが、麦畑一面の収穫まぎわの麦が刈り盗られたという被害をきいたこともあった。

大杉母子が、傘の下で小さな鍋をつつくのを見てからしばらくすると、母子は転居した。飯島駅寄りの木崎《きざき》という畳屋へ住むことになった。同居というより間借りをすることにしたようだった。

そのころの畳屋にはほとんど仕事がなかった。畳替えをするような時節ではなかったのだ。大杉母子が間借りをして間もなく四十代の木崎には召集令状が届いて、家族と近所の人たちに見送られて出征した。

「小仏さんは、サツマイモの植え付けを知っていますか」

塩野は突然きいた。

「イモをいくつかに切って、畑の畝《うね》に浅く埋めていく作業を、手伝ったことがあります」

「お生まれは、どちらですか」

「東京ですが、檜原《ひのはら》村といって東京の西端の山村です。私が生まれた家の周りは畑でした。近所の畑のイモ掘りを手伝ったこともあります」

「そうでしたか。種イモといって、切ったイモを畝に埋めた直後のことですが、その種イモを掘り返して盗む人がいたんです。当時は、種イモまでもといって、驚いていた人が多かったそうです」

「盗んだ人が分かったんですか」

「盗むところを見たわけじゃないでしょうが、疎開してきた人たちが疑われたようでした。意地悪な人もいて、『種イモを掘っていったのは大杉のおかあだ』なんていっていました。そういう声は、小学生だった大杉の耳にも入っていたと思います。彼は唇を噛んで、悪口をいった人たちを見返してやろうと、勉強に励んだにちがいない。母親がそういう教育をしたんだと思う。……私は桑畑と大杉より二つ上だったが、一緒に学校へ行った。二人とも口数は少なかったし、歌もうたわなかったような気がする」

桑畑と大杉は伊那市の普通の高校にすすんだが、学業成績が優秀だという噂は、農業高校を選んだ塩野の耳にも届いていたという。

「兵隊に取られていたという、二人のお父さんは帰ってきましたか」

小仏は、顎鬚を撫でている塩野にきいた。

「大杉の父親は、終戦後、わりに早く帰ってきました。痩《や》せた背の高い人だったのを覚えています。……桑畑の父親は、終戦の少し前に南の島で戦死、いや戦病死だったかもしれない。遺骨の白い包みを抱えた男の人が、電車を降りてきたのを、いまもはっきり憶えています。桑畑と母親は近所の人たちと、その電車の到着を待っていたんです。母親はしっかりした人で、男の人から遺骨を受け取ると、迎えてくれた人たちに向かって頭を下げ、なんていったか憶えていませんが、両側に息子と娘を立たせて挨拶しました。私は母と一緒に駅へ行って、そのあとお寺までついていったのを憶えています」

それまでの桑畑の母親には、芳しからぬ噂もあったが、塩野は駅前での彼女の挨拶をきいて、彼女を見直したような気がしたといった。

桑畑松市が東京の大学にすすむと、母親と妹は木下家を出て、べつの農家の離れ家を借りた。松市より二歳下の妹は岡谷《おかや》市のメリヤス工場へ就職した。独り暮らしになった母親は、農家から借りた畑で野菜などをつくって、自給自足のような暮らしをしていた。松市が大学を卒業して二年ほど経ったとき、松市のすすめがあってか、母親は東京へ転居した。

一方、大杉の家族は木崎家を出て小さな借家へ移った。父親は歩いて十分ぐらいのところの製材所に就職した。母親は菓子をつくる工場へ勤めた。昌比古は東京大学に入学した。その知らせをきいた塩野たちは、『あいつはやっぱりおれたちとはちがう』といって、未成年なのに酒を飲んだという。

東大を卒業した大杉は、警視庁へ就職したことを、高校の同級生だった何人かが知った。

その一年後ぐらいだったか、父親は食事が喉を通らないと訴えて、松本市内の病院へ入った。胃がんが進行していた。手術を受けていったん退院したが、食事を満足に摂れないし、起床ができない日もあることから再入院した。

その父親は、ほぼ一か月、点滴だけで生命を支えていたが、木の枝から葉がこぼれ散るように、美佐《みさ》という名の妻と出来のよい昌比古に手をにぎられて息を引き取った。

戦時中の美佐にはさまざまな噂があった。ある日のことだが、彼女は口のまわりを真っ赤にして他家の畑からそっと出てきた。それを見た人は黙ってその場を立ち去ったが、彼女がしていたことの見当はついていた。彼女は他家の畑に忍び込んで、長イモを掘って生でかじっていたのだ。そのために口のまわりがただれていたのだった。

美佐は教養をつんでいたらしい女性だった。が、他家の畑の作物に手をつけたり、他家の軒下の干しイモを盗んだという噂も流れた。噂がほんとうなら、彼女はプライドを捨てて、目を瞑って、他家の作物に手を出していたのではないか。敵と戦火をまじえるのでなく、自分と戦っていたのだろう。飢えで死ぬか、他家の畑の種イモを掘り返して盗み、その屈辱に耐えて生きるかのぎりぎりの線で、昌比古を育てていたようだ。それは美佐にかぎったことではなく、桑畑の母親も、そして二人と同じように疎開した児童と家族は窮乏生活を強いられていたのだった。

「いまになって考えると、おれたちも親たちも、都会からきていた人たちに冷たかったと思う。畑に鍵は掛けられなかったが、米や麦をしまっている場所には必要以上に厚い壁をこしらえていたような気がする。……小学校でのことだったが、学校へ弁当を持ってこられない疎開生徒がいた。地元のある男子生徒は、弁当のない生徒の前へすわって、悠然と白いご飯の弁当を食べとった。それを担任の先生も見とったが、弁当を食べとる生徒になんの注意もしなかったし、やめろっていう生徒もいなかった」

世間が、むごいことを平然とする暮らしに慣れてしまっていたらしい、と塩野はいった。

それは飯島の人にかぎったことではない。日本国中のどこでも、食べ物を持っている人は頭《ず》が高く、ひもじい人たちを見下していた。

3

小仏は東京に戻ると、警視庁の安間に会うことにした。

かつての小仏は警視庁捜査一課の刑事だったので、玄関に立つ守衛に向かって挙手の敬礼をしただけで出入りしていたものだが、現在は部外者だ。受付で用件と面会したい人の名を申告して、控え室で待つのだった。

十数分待って安間が控え室へやってきた。外で食事しながら小仏の報告をききたいといった。

「虎ノ門に気の利いた料理屋がある」

安間はいって一歩先を歩いた。

「何日間か、田舎まわりをしていたせいか、コンクリートとガラスのこの街が冷たく感じられるな」

小仏は、外務省や財務省や文部科学省のビルを見上げながら歩いた。

「龍飛崎で汐風《しおかぜ》にあたったあとは、信州の山麓《さんろく》だったな。しかし、津軽じゃ旨い魚を食えただろ。なにが旨かった」

風が冷たくなってきたので、安間は上着のボタンをはめた。

「龍飛漁港への階段国道を下った。すると岸壁に年配の男がすわって、釣り糸を垂れていた。船でマグロを釣る漁師なのに、岸壁では暇潰しに小魚を釣っているんだ」

「ふうーん。なんだか、いい風景だな」

小仏は、漁師の男が石油罐の火で焙ってくれた小魚を食べたことを話した。

「いいなあ。おれも龍飛崎へ行ってみたくなった」

小仏は、青森港近くの津軽漁り火という店が出した料理と、三味線をかついだ男の流しが店へきていたことを話したが、酒に酔ったイソが大声で歌をうたったことは話さなかった。

安間が案内した料理屋は、ビルの最上階にあった。窓ぎわの席からは外堀通の車の列と、道路側のビルと病院が見えた。料理屋はこれからという時間帯で空席がいくつもあった。黒いテーブルの板は厚かった。

「警視庁は、捜査費が足りないっていいながら、こういう高級店を使っているんだ」

小仏は店の造作を見まわした。

「たまに飲み食いする費用なんて、知れた金額だよ」

安間は、酒を飲む前に、といって茶封筒を小仏の前へ置いた。二百万円入っているといって領収書に署名させた。

小仏は、安間に注がれたビールを飲みながら、飯島の木下家へ同居していた桑畑母子三人が、冬の夕方、物置小屋の前で抱き合って震えていたことと、古川という家へ同居していた大杉と母親が、垣根の陰に傘を広げ、コンロに鍋をのせて、鍋のなかのものをつついていたのを見たという、老人の思い出を話した。

「とにかく食い物が不足していたと、おれのおやじもいっていた。国民を飢えさせて、戦争に勝てるわけがないってね。いまのおれたちには想像できないくらい日本は貧しかったんだよ」

安間は、銀ダラの粕《かす》漬け焼きを箸で割った。

小仏は、穴子豆腐に紅葉おろしをのせた。

「桑畑さんと大杉さんは、小学校の同級生で仲よしだった。戦時中は二人とも窮乏生活を送っていたが、ともに東京の大学を出て、社会人として出世コースに乗った。そういう二人になにかのきっかけで、恨みを持つようになった者がいた。そのきっかけは伊那の飯島での暮らしじゃないかってにらんでいたんだが……」

安間は盃《さかずき》を持って唸るようないいかたをした。

「飯島時代の恨みといったら、地元の農家からさげすまれていたことだろうな。二人は共通の恨みを持っていても不思議じゃない。事件の根が飯島にあったとしたら、恨みを持っているのは二人のほうじゃないか。忘れることができない恨みを抱えているほうが被害者になった。二人とも恨まれていたことになりそうだが、どこでその種が蒔《ま》かれたのか……」

小仏は、白いご飯にべったら漬けと味噌汁《みそしる》で、食事を終えた。二人が話し合いをしているあいだに、テーブルは客で埋まっていた。

外へ出て空を仰いだ。ビルの透き間の東の空にまん丸い月が浮かんでいた。


事務所の窓に灯《あか》りが映っていた。イソがいるのではないかと思った。

ドアを開けると、「お帰りなさい」とエミコがいった。彼女はパソコンに向かっている。水巻という女性を京都嵐山の化野念仏寺と二尊院へ案内して、感じたことと、水巻という人からきいたことを、忘れないうちに書いているのだといった。

エミコは熱いお茶をいれた。

「水巻さんは、三歳の長女を天龍寺で見失って、その子は行方不明のままということでした」

「そのあと子どもは……」

小仏は湯呑みをつかんだ。

「長女がいなくなってから二年半後に、また女の子を産んだのですが、その子は病気がちで、一年も経たないうちに亡くなり、その後は子どもができなかったそうです」

「水巻さんには、長女の怨霊《おんりょう》が取りついていたんじゃないかな」

「そうでしょうか。長女が無事ならいまは五十代です。その人は、生みの親をさがそうとしなかったんでしょうか」

「旅先でだれかに攫われたのだとしたら、その子の親はどこのだれなのか分からないと思う。……三歳か。その子は何年間かは実の親の顔を憶えていたんだと思うが」

エミコは、シャツの襟元を押さえていたが、つづきはあしたにするといって、パソコンを切って帰った。

エミコが出ていってから、彼女は夕飯を食べたのだろうか、どうして夕飯のことを気遣ってやらなかったのかと、小仏は後悔した。


翌朝、ベッドのなかで救急車のサイレンの音をきいていた。窓を見るとガラスに雫《しずく》がついていた。雨が降ったようだ。ベッドを抜け出て窓を開けた。電柱は濡《ぬ》れていたが雨は上がったようだった。どこかから、「ミャー、ミャー」というか細い声をきき、その声に耳を寄せていった。小さい声は玄関のドアの外からだと分かって、ドアを開けた。灰色地に黒い縞《しま》の仔猫《こねこ》が鳴いていた。人の顔を仰いで赤い口を開けた。腹をすかせているようだった。

子を養えなくなった母猫が、「この家なら」と狙いをつけて仔猫を置いていったのではないか。

小仏は仔猫を抱き上げた。猫は嫌がらず、怯《おび》えてもいないように見えた。部屋へ入れて皿に牛乳を注いで与えた。仔猫は空腹だったのだ。喉も渇いていた。小さい赤い舌で牛乳をさかんに舐《な》めた。べつの皿に水を汲《く》んでやると、それも舐めた。

小仏はパンを焼いてバターをつけた。それをちぎって仔猫にやるとバターがしみている部分だけ食べた。腹がふくれた。疲れていた。仔猫は小仏の足元で目を瞑った。もう自分の家にいる格好だ。小仏は新聞を読んでいたが、仔猫は身動きせず、前脚のあいだに顔を伏せて眠っていた。もう母が恋しくないのか、母を呼ぼうともしなかった。

エミコは出勤するとすぐに食器を洗いはじめたが、小仏の足元にいる仔猫には気付かなかった。

イソとシタジが同時に出勤した。

「所長。猫を飼ったの」

イソが見つけた。シタジはテーブルの下へ腕を伸ばして猫を撫でた。

仔猫は目を覚まして、四人の顔を見比べた。

小仏は、仔猫をどうしようか、と三人の顔にきいた。

「飼えばいいじゃない」

イソだ。

「母猫がさがしにくるかもしれない」

「この子は、棄《す》てられたんだよ。母猫は寄りつかないと思う」

イソは仔猫を抱き上げた。

「生後どのぐらいだろう」

小仏がいうと、シタジが二か月ぐらいの、「男の子」だといった。

エミコは、三人の男に囲まれた仔猫をじっと見下ろしていた。餌《えさ》の心配をはじめたようだ。

「名前を付けてあげなくては」

エミコだ。

「タロウはどうでしょう」

シタジがいった。

「タロウはいるじゃない。図体《ずうたい》のでかいタロウが」

イソだ。

「そうか。うっかりしてました」

小仏はシタジの顔をにらんだ。

「亀有だからカメオがいいよ」

イソは動物好きだったのか、仔猫を抱き上げて頬ずりした。

「カメオは他所にもいそうです。猫がききまちがえないような名前がいい」

シタジは、タコとか、チクワとか、シマオはどうかといった。

「シマオがいいな」

小仏がいった。ほかに反対する者がいないので「シマオ」に決まった。

「小仏シマオか。いい名前だ」

シタジはシマオを抱いて頭を撫でた。


昨夜、安間からあずかった現金をエミコに渡していると、デスクの電話が鳴った。

小仏が受話器を上げた。

「水巻と申しますが、山田エミコさん、いらっしゃいますか」

と、女性の細い声がきいた。京都の化野念仏寺へ行ってきた人にちがいなかった。

エミコに受話器を渡した。彼女は小仏に背中を向けて話していたが、「では、お待ちしています」といって会話を終えた。

「水巻さんが、わたしに、どうしても話したいことがあるそうです」

彼女は亀有へやってくるという。

「なにか思い付いたことがあるのかな」

小仏は首をかしげた。

「なんだか思いつめたようないいかたをしていました」

京都からの帰りの列車のなかでは、深刻な話をしていなかったという。

水巻が、午後一時に亀有駅に着くといったので、小仏はエミコについていくことにした。

エミコは小仏からあずかった現金を、信用金庫へ入金すると、スーパーで猫の餌と青いマットを買ってきた。

「スーパーでペットの餌を初めて見ましたけど、沢山《たくさん》種類があって、迷いました。ペットの餌は、犬よりも猫のほうが多いんですね」

彼女は布のバッグから、猫の絵が付いた仔猫用の餌の袋を二種類取り出した。

「この子、まだお母さんのお乳を飲んでたんじゃないかしら」

彼女は、サカナの匂いがする餌をちぎって、マットの上の皿に盛った。シマオは、イソの手のなかから飛び出ると、皿に鼻を近づけた。初めて嗅《か》いだ匂いではないか。鼻を動かしていたが、小さな赤い舌を出して餌を舐めはじめた。

4

午後一時四、五分前に水巻という女性は亀有駅の改札を出てきた。髪は銀色だ。白いセーターに薄紫色のジャケットを着て、黒いバッグを抱えるようにしていた。

エミコが彼女に駆け寄った。小仏がつづいた。

エミコが小仏を紹介すると、

「水巻春子《はるこ》でございます」

と、やや緊張した顔をして頭を下げた。

水巻春子は七十八歳ということだったが、顔の色艶はよくいくつも若く見えた。

「京都では、山田さんにお世話になりました」

彼女は小仏に向かって思い出したようないいかたをした。

「ここへは初めてきましたが、にぎやかなところなんですね」

といって、周りを見まわした春子を近くのカフェへ案内した。男性の客が二組、窓ぎわの席で額を突き合わせていた。

壁ぎわの席にすわると、春子は、壁に架かっている海と帆船の写真に目を奪われたように見ていた。

彼女は紅茶をオーダーすると、黒いバッグを膝《ひざ》に置いて手を揉《も》むようなしぐさをした。話の切り出しを考えているのだろうと小仏は見てとった。

「わたしは、あなたに嘘《うそ》をついていました」

春子は、エミコの顔をちらっと見てから唐突な言葉遣いをした。

「なんでしょう」

　エミコは微笑《ほほえ》んだ。

「京都にいたときから、ほんとうのことを打ち明けようと思っていましたけど、いえませんでした。帰ってきて、考えているうちに踏ん切りがつきましたので、謝りにまいりました」

　春子は両手を胸の前でにぎった。重大な打ち明け話をしようとしているからか、激しくまばたきした。

　小仏もエミコも黙って春子のつやつやした顔を見ていた。

「わたしは二十八のときに、天龍寺で、間もなく三歳になる娘を見失い、それきり娘に会うことができなくなったと、お話ししましたけど、じつは、天龍寺のお庭が見える縁側で、にぎっていた娘の手をはなしたんです」

「意識的にですか」

　小仏がきいた。

「はい。故意にです」

「お嬢さんは、泣くか、騒ぐかしたんじゃないでしょうか」

「ひと声、『ママ』って叫んだようでしたが、大勢の参詣者の声に消されてしまいましたし、すぐに姿も見えなくなりました」

「なぜ、故意に……」

　エミコは怒ったようないいかたをした。

　春子はエミコの質問を予期していたようだ。

「わたしは夫を交通事故で失いました。その一年後に、親しくお付合いできる方にめぐり合うことができました。……ところがその方は綾乃《あやの》を好きでないようでした。『子どもは我儘《わがまま》だから』というのがその理由でした」

「お嬢さん、綾乃さんていうんですね」

　エミコは、春子を見つめていった。

「あなたは故意に、お嬢さんの手をはなしたのでしょうが、思い直して、さがす気になったんじゃないですか」

　小仏が低い声できいた。

「はい。綾乃の手をはなした位置へもどって、そこにしばらく立っていましたけど、綾乃の姿を見つけることはできませんでした」

　天龍寺へは、親しくしていた男性も一緒に行っていたのかと小仏がきいた。

「いいえ。京都へは彼と一緒に行きましたけど、彼のほうは仕事があったので、天龍寺へはわたしと綾乃で……」

「綾乃さんは、自分の名前をいえましたか」

小仏は、つとめて静かな声で話した。

「いえました」

春子は小仏の顔をじっと見て答えた。

「フルネームをいえたでしょうか」

「それはいえなかったと思います」

「保育園などに通っていましたか」

春子は、戸惑うような表情をしてから、通わせていなかった、と答えた。

「自分の名を書くことができたでしょうか」

「教えていませんでしたので、書けなかったはずです」

「警察に、子どもが迷《ま》い子になったと、届けましたか」

「何日か経ってから……」

春子は一瞬だが、両手で顔をおおった。

親しくしていた男性に嫌われたくなかったので、棄て子をした。その日から罪の意識にさいなまれて夜も眠れなかったのではないか。

子どもがいなくなったのを、恋人はよろこんだかを小仏はききたかったが、口をつぐんだ。

「思い切ったことを、なさったんですね」

エミコは、ぽつりといった。

かつてエミコも、母親に棄てられた子であった。彼女の両親は佐渡で小さな旅館をやっていた。そこへ何度か泊まりにきていたセールスマンと母親は親しくなり、やがて夫とエミコを置いて男と駆け落ちした。父親は、身の周りの物だけ抱えて出ていった妻の行方を追わなかった。しばらくは近所の主婦の手を借りて旅館をやっていたが、前途の見込みがないと判断してか、廃業した。エミコは、新潟市内に住んでいる母の姉の家にあずけられた。彼女の伯母は、エミコを自分の子と同じように育て、高校を卒えさせた。

エミコは会社勤めをして二十歳《はたち》になったある日、急に生みの母親に会ってみたくなった。そのことを伯母に話すと、『さがしてみたら』といわれた。そこで上京し、遠縁にあたる三ツ木《みつぎ》を訪ねた。三ツ木は亀有駅前で不動産業を営んでいた。彼はエミコの話をきくと、開業間もない小仏探偵事務所を思い付いて、小仏に相談を持ちかけた。

小仏は仕事を引き請け、三日後にエミコの実母の住所をさがしあてて、彼女に報告した。

エミコは小仏の報告を黙ってきいていたし、調査報告書を一読した。彼女の実母は都内で二歳下の男と一緒に住んでいた。同棲《どうせい》している男は、かつて佐渡の旅館へ泊まりにきていた男のようだった。

三ツ木も小仏の書いた報告書を読んだ。エミコがいつ、実母に会いに行くのかと、彼女の挙動をうかがっていた。が、彼女は母を訪ねてはいないようだった。

三ツ木はエミコに、新潟へ帰るようにとすすめたが、彼女は東京で暮らしたいと希望を打ち明けた。

そこで三ツ木は小仏に、エミコを雇ってもらえないかと頼んだ。小仏は三ツ木の頼みを呑んだ。真面目そうなエミコを気に入ったからだ。

エミコは小仏が期待していた以上の従業員だった。小仏探偵事務所は食堂などではないので、ちょっと味見に寄ってみるという客はいない。調査の依頼はそうそうあるものではないので、小仏はじつは頭を抱え、毎朝、きょうは仕事が舞い込むようにと祈っていたのである。

従業員として雇われたエミコは、小仏事務所は早晩、店じまいをするとみて取ったらしく、パソコンでチラシをつくった。［どんな調査でもやるので、依頼を］という趣旨をうたった。彼女はそれを抱えて亀有や綾瀬《あやせ》駅前で通行人に配った。交番の警官にも渡した。

四、五日経つとチラシの効果があらわれ、電話が掛かってきたし、行方が分からなくなっている人の居所をさがして、といった調査の依頼を請けるようにもなった。

小仏だけでは手がまわりきれない仕事も入った。そこで思い付いた男が神磯十三。

脛《すね》に傷を持つ風来坊だ。使いようによっては役立つ男と小仏は目を付け、夜間に神磯の住所へ押しかけて、強引に調査の助手として雇うことにした。神磯などというありがたそうな名字が気に入らないので、「イソ」と呼ぶことにした。

小仏事務所にはたまに、どこからともなくやってきて閑古鳥という名の鳥が鳴くことがあるが、そのたびに救世主のように警視庁からの仕事が入る。元刑事だった小仏の腕を見込んで、公にできない調査を依頼してくる。

今回の龍飛崎の殺人事件も警視庁捜査一課の安間警部からの依頼だった。八十三歳の男が二人、北のはずれの岬で殴り殺されたのだが、そのうちの一人の大杉昌比古は、元警視庁で鑑識課長の要職を歴任した人だった。大杉は大手サービス会社の相談役に就いていた。そういう人が観光旅行中に災難に遭った。その原因はなんだったのかをさぐれ、と安間はいって調査料をくれた。

5

エミコについての思い出で、話が逸《そ》れた。小仏は、七十八歳が嘘ではと思うほど顔の色艶のよい水巻春子の話に注目した。

「あなたは、お付合いしていた男性に嫌われたくなかったので、綾乃さんを棄てることにして、人混みのなかで手をはなした。そのことを、お付合いしていた男性に話したでしょうね」

「話しました。そうしたら彼は、顔色を変えて、よくそんなことができたものだといって、わたしを非難しました。わたしが、あなたが子どもを好きでないのでといったところ、彼は、子どもを棄てるなんて娘が可愛《かわい》くないのかといって、わたしを冷ややかな目で見るようになりました。そしてわたしのことを、見損なったともいい、わたしを遠去けるようになりました」

綾乃を棄てたあと二、三か月して春子はその男と別れた、といった。

「あなたは後悔なさったでしょうね」

小仏はそういってから、自分の言葉の冷たさにぞっとした。

「わたしは、その人と別れると、いいえ、その人に棄てられたのでした。……その人と別れると綾乃をさがしました。バカな親だといわれるでしょうけど。警察に届けただけでなく、自分から養護施設へも出向いて、事情を話したりしました。そうしているうちに健康状態が悪くなりましたし、一時、難聴にもなりました。わたしは考えられるかぎりのことをしたつもりですけど、綾乃を見つけることはできませんでした」

春子は、にぎっていたハンカチを鼻にあてた。

小仏は、春子の話をききながら顎を撫でた。

もしかしたら天龍寺で、春子が綾乃の手をはなしたのを見ていた人がいたかもしれない。その人は、『ママ』と呼んで泣いている綾乃を自宅へ連れ帰った。そうして、自分の子として育てたということも考えられるのではないか。

「綾乃さんは、丈夫でしたか」

小仏がきいた。

「病気をしたことはありませんでした」

春子は綾乃を棄て、そのころ付合っていた男性とも別れたが、一年後に新しい恋人ができて、結婚した。そしてまた女の子を産んだ。だがその女の子は病弱で、一歳の誕生日を目前にして病院で死亡した。

「あなたは再婚された人に、綾乃さんのことをお話しになりましたか」

「話しました。天龍寺の人混みのなかで行方不明になったと話しましたし、さがし歩いたことも話しました。綾乃は犬が大好きで、他家の犬に声を掛けることもあったと……」

春子は、ハンカチを顔に押しあてた。彼女は五、六分のあいだ咽《む》せていたが、顔からハンカチをはなすと、

「綾乃をさがす方法は、あるでしょうか」

と、涙声できいた。

かを考えているようだった。

「さがす方法……」

　エミコがつぶやいた。五十年も前に別れた子どもをどうやったらさがしあてられるかを考えているようだった。

「調査にはお金がかかると思います。それは承知しています。どういう方法で調べるかをこれからお考えになるでしょうが、できるかぎりのことをしてください」

　春子は小仏の目をじっと見ていった。

　小仏は、知恵を絞ってやってみると答えた。

「わたしには、子どももきょうだいもいません。それで、老後のことが心配になって、子どもをさがすようになったのではとお思いでしょうね」

　春子は、視線をテーブルに落として、まるで愚痴をこぼすように小さい声でいった。

「そんなこと、思っていません。水巻さんはお若いでは……」

　エミコは微笑した。

　小仏は真顔になって、綾乃のからだの特徴を憶えているかと春子にきいた。

「左目の下に小さなホクロがありました。それからお尻に十円玉ぐらいの痣《あざ》がありました」

　小仏は、春子のいったことをノートにメモした。

「綾乃さんの行方が分からなくなったのを、どこの警察に届けましたか」

「右京署《うきょう》です」

「届け出を受け付けた右京署からは、なにか連絡がありましたか」

「二度電話がありました。警察には綾乃に関する情報は入っていないが、そちらにはどうか、ときかれた憶えがあります。わたしは、情報などまったく入っていませんと答えました」

小仏は、これから綾乃をさがす方法を考えるといって椅子を立った。

春子が伝票を鷲《わし》づかみした。


事務所にもどると、警視庁の安間に電話で、五十年以上前に行方が分からなくなった女児をさがす方法はないだろうかときいた。

「女児の親はどこの警察へ届け出をしたのか」

「天龍寺を所轄する右京署だといっている」

安間は、右京署へ問い合わせてみるといって電話を切った。
十五、六分すると安間から返事の電話があった。
「五十年前の四月、水巻春子という人から長女の綾乃を天龍寺で見失った、という届け出を受け付けている。だが、水巻という人は、子どもを見失ったのは五日前だといった。どうして見失った日に届け出なかったのかときいたところ、綾乃には迷い子札を持たせているので、彼女を見つけた人は連絡をよこすだろうとみていた、と答えたらしい。右京署は綾乃に関する情報が入るのを期待していたが、情報は一件も寄せられなかったという記録が残っているということだ」

　小仏は、母親の春子はいったんは綾乃を棄てたのだったが、そのことは安間に話さなかった。

「春子という母親は、ほんとうに迷い子札を持たせていただろうか。当時の警察は、母親の話を疑ったと思う」

　安間だ。

「疑ったとしたら、母親のいっていることが事実かどうかを追及しただろうな」

「追及したかもしれないが、その記録は報告書に載っていないらしい」

「新聞に広告を出して呼び掛けてみようか」

　小仏は、イソとエミコにいった。

「広告。なんて呼び掛けるの」

　イソが丸い目をした。

「五十年前に、京都の天龍寺で娘とはぐれました。わたしは七十八歳になりましたが元気です。元気でいたら一日会いたいのです。ご連絡は小仏探偵事務所へ、というのはどうだ」

「新聞広告って、高いんでしょ」

エミコだ。

「全国紙の掲載料は高い。水巻さんが広告料を出せるかどうか」

「水巻さんに広告料を出せるかどうかを、うかがってみましょう」

エミコは、水巻春子のスマホの番号を指先で突《つつ》いた。

「最近は、新聞を読まない人が多いから、効果はどうかな」

イソは天井を向いて耳の穴を掻きながらいった。

エミコは衝立の陰で電話していたが、「それではまた」といって切ると、小仏の前へ立った。

「水巻さんは、新聞に呼び掛けの広告を出してくださいといいました。一日だけでは効果がないかもしれないので、四、五日間、つづけて出したらどうかといいました」

春子には、経済的な面の心配はなさそうだ。それと真剣に娘に会いたいのだろう。

「春子さんは、娘に会いたい一心だろうけど、娘のほうは会いたくないかもしれないよ。自分を棄てた母親を恨んでいるような気がする。もしも母親に会ったとしたら、唾《つば》を吹っかけるんじゃないかな」

イソがいった。もしも綾乃がみじめな暮らしをしていたとしたら、イソのいうとおりのことが起こりそうだ。

全国紙の「尋ね人」という欄に五日連続して呼び掛けの広告を出した。人混みのなかで、親とはぐれたという人は全国に何人もいそうだが、「京都の天龍寺で」という人は他《ほか》にいないのではないかと思われた。

新聞に広告を出して四日目、ある女性から小仏探偵事務所に電話があった。その女性は名乗らなかったが、

「わたしは三十二年前、三歳のとき、東京の浅草で姉とはぐれてしまいました。警察に保護されて、施設ですごしました。中学卒業まで施設にいて、そのあとは上野のレストランへ住み込みで勤め、その店のコックさんと結婚して、数年後にオーナーからその店を任されるようになりました。去年のある日の午後のことです。女性が七人で食事をしていたのですが、そのなかの一人がわたしをじっと見てから、『あなた、シズちゃんじゃないの』とききました。その人のそのききかたから、『お姉ちゃんだ』と直感しました。わたしは店にいることも忘れて、『お姉ちゃん』といって抱きつきました。

わたしたちの父は建設現場で働いていましたが、姉とわたしが浅草ではぐれた半年前に、作業中の事故で亡くなっていました。わたしがレストランに勤めていたので、

姉と再会することができたのですが、母は五年前に病気で亡くなったのを姉からききました。姉と再会した一週間後、姉とわたしは両親のお墓にお参りしました。新聞に出ていた、天龍寺ではぐれたというお母さんと娘さんが再会できることを、お祈りします。お母さんはおからだを大切になさってください」

名乗らない女性は、やさしげな話しかたをして電話を切った。

「新聞を読む人が少なくなったっていうのに、呼び掛けの効果はあるものなんですね」

シタジはボールペンをくるくるまわしながらいった。

「呼び掛けは、もう一日新聞に載るけど、反響はどうかな」

イソは悲観的ないいかたをした。

エミコはパソコンの前で、

「どうか効果がありますように」

といって手を合わせた。

そのエミコの祈願が通じたような出来事が起こった。

五日間の「呼び掛け」に対しての反響は、レストランのオーナーの妻からの電話だけだった。が、大学教授で人気コラムニストのY氏が、五十年前に、人混みのなかで三歳の娘とはぐれた。五十年のあいだそのことを悔みつづけ、人生の幕引きが近づいたいま、新聞で、「一目会いたい」と呼び掛けをした女性がいる。人一倍好奇心の強い私は、その女性の来し方と、これからを見守りたい、という意味のエッセイを新聞に載せた。

するとY氏のエッセイを読み、何日か前の新聞の呼び掛け広告をさがして読んだという女性が、小仏事務所へ電話をよこした。「天龍寺でお母さんとはぐれた人、わたしの知っている女性ではないかという気がします」と、慎重ないいかたをした。

第四章　黒いさざなみ

1

電話をくれた女性は上川球美《かみかわたまみ》と名乗り、住所は大田区山王《さんのう》だと答えた。

「わたしの知っている女性は、皮膚科の開業医です。名は小野塚綾子《おのづかあやこ》。五十をいくつか出ていそうですけど、おしゃれですし、何歳も若く見えます。お住まいはわたしと同じ山王で、大森駅の近くで小野塚クリニックをやっています。受付と助手の女性が五人ほどいて、とてもきれいな診療所です。わたしは小野塚クリニックの患者で、月に二回は美顔術というのを受けに通っています」

上川球美という女性はお節介な性分なのか、それとも小野塚綾子に対してなにか魂胆でもあるのか、几帳面《きちょうめん》そうだが、口元をゆがめているような話しかたをした。

小仏は、どんな点から、天龍寺で母親とはぐれた女性ではないかと疑ったのかは尋ねなかった。上川球美という女性は、小野塚綾子の素性や経歴などに通じていそうだと見たからである。

小仏は、「お会いしたい」といった。すると彼女は、「どうぞ、いつでも」と応じた。

小仏は、エミコを伴って大森駅に降りた。

「ここはきれいなところなんですね」

駅舎を出るとエミコはビルの立ち並ぶ大通りを見渡した。

駅から三分ばかりのビルの二階の窓に［皮膚科・小野塚クリニック］の緑色の文字を見つけた。小仏とエミコは駅のほうへ引き返して、上川球美が落ち合い場所に指定したカフェへ入った。店内にはラテンの音楽が小さく流れていた。

上川球美は三、四分後に店へあらわれた。紺の地にベンガラ色の襟のジャケットを着た長身だった。そろそろ六十の角が見えはじめた歳格好だろうが、肌の手入れを怠っていないらしくて、艶があってたるみがなかった。

彼女は、コーヒーになにも落とさず一口飲むと、健康食品の販売会社を、夫と二人の娘がやっている、と自己紹介したあと、

「わたしを、お節介な人間だとお思いになったでしょうね」

といって、薄い唇をわずかにゆがめた。

「そんなふうには思いません。お母さんと娘さんが再会できることを祈って、新聞に呼び掛けをしたのですから」

小仏は意識的に目を細めて答えた。

「新聞の呼び掛けは、効果がありましたか」

「効果は、上川さんからのご連絡だけでした」

「そうでしょうね。五十年ものあいだ親子の消息が分からなかったのに、新聞の呼び掛けによって、再会がかなうなんていう偶然は、そうそうあるものじゃないでしょうから」

小仏は首を縦に振ってから、小野塚綾子との付合いは長いのかときいた。

「七年ぐらい前からです。その前から近所に小野塚さんというお宅があるのは知っていましたけど、娘さんがお医者さまだったのは知りませんでした。……小野塚綾子さんは、クリニックを開業することになったといって、ご挨拶においでになりました。それを機会にわたしは患者としてクリニックへ行くようになって、お付合いというか、ちょこちょこお話をするようになったのです」

球美は、グラスの水を一口飲んだ。

小仏は、皮膚科医綾子の経歴を知っているかときいた。

「小野塚クリニックの受付には、パンフレットが置いてあります。それには先生の経歴が入っていますので、それを読んだのです」

　東京都品川区生まれ。倖専《こうせん》医科大学卒業。倖専医科大学付属病院皮膚科勤務。中野区のシロタ病院美容皮膚科勤務。大田区山王の大森駅西口で小野塚クリニック開業、だと、彼女は少し上を向いて話した。

「現在のクリニックを開業するについて、内装や設備で一億円ぐらいかかったといったことがありました。クリニックの受付とその横のガラスケースには、高級化粧品を陳列していますし、待合室のソファも値の張りそうな物です。……わたしが気にくわないのは、受付係の女性なんです。三十歳ぐらいですけど、背はすらりとして脚が細く、女優のようなととのった器量をしているんです。たぶん小野塚綾子先生は、『うちへくれば、受付嬢のようにきれいになる』といいたいのだと思います。小仏さんも小野塚クリニックへ行ってご覧になったらいかがですか」

　球美は目を細めると、小仏とエミコの顔を見比べるような目をした。

「上川さんは、新聞の呼び掛けをご覧になって、もしかしたら小野塚綾子さんは、五十年前、天龍寺でお母さんとはぐれた間もなく三歳になる女の子ではないかと思われた。どんな点から、もしやとお思いになったんですか」

　小仏は、冷めかけたコーヒーを口にした。

「小野塚綾子先生は、お母さんと似ていません。お母さんは面長なのに、綾子先生は丸顔です。母子というのは、どこかが似ているものですけど、小野塚母娘《おやこ》は珍しいことに、まったく」

「綾子さんの顔には、なにか特徴がありますか」

「丸顔で、髪が濃くて、それから左目の下にあずきぐらいの大きさのホクロがあります」

小仏は、水巻春子がいった綾乃の特徴を思い出した。水巻春子の記憶にあるわが子の特徴は、『左目の下に小さなホクロがありました。それからお尻に十円玉ぐらいの痣がありました』と、ノートに書いてある。

「それから……」

球美はまばたきをすると、

「お母さんは痩せぎすで、高齢の方にしては背は高いほうです。ですけど綾子先生の身長は百六十センチ以下で、少し太っています。お母さんは色白ですけど、綾子先生の肌は白いとはいえません。それからもうひとつ、綾子先生の髪はちぢれていて、それを嫌がっています」

母親の髪はストレートだという。

エミコは、「あっ」といって頭に手をやった。水巻春子の髪を思い出したのだ。春子の髪は明らかにちぢれていた。

「綾子さんのお母さんは、何歳ですか」

「わたしの母と同い歳で、八十六です。ご主人はずっと前に亡くなったようで、わたしと知り合ったときはお独りでした」

「お元気ですか」

「二十年ほど前に胃の手術を受けて、そのときに知り合った病院の先生にすすめられたといって、雨降りでないかぎり二時間ぐらい歩いています。お話をしても矍鑠《かくしゃく》としています。わたしの母は小野塚さんを見習って杖《つえ》をついて歩きはじめましたけど、息切れがして疲れるといって、十日ばかりでやめてしまいました」

　小野塚綾子は、水巻春子がいった綾乃に似ている。名前も似ている。が、決定的に同一人とはいいきれなかった。左目の下にホクロのある人は珍しくはないだろう。尻に痣があったというが、それは見ることが不可能だ。

「綾子さんの夫は、なにをなさっている方ですか」

　小仏は、少し首をかしげて球美にきいた。

「綾子先生は独身です」

「独身……」

　小仏とエミコは顔を見合わせた。

「どうして独身を通しているのか知りません。でも、クリニックのお休みの日には、おしゃれをして出掛けることがありますので……」

　球美は、小仏とエミコの顔にちらりと視線を投げて微笑を浮かべた。

「すると小野塚家は、お母さんと綾子さんだけですか」

「大学生の女の子がいます。親戚のお子さんのようです。日曜日なんかには、三人そろってお買い物をしたりしています」

　女の子は地方の出身で東京の大学へ通うので、小野塚家があずかっているということらしい。

　八十六歳の綾子の母は待江《まちえ》という名で長野県生まれだという。信州のどこの出身かと小仏がきくと、「伊那というところだそうです」と球美は答えた。したがって東京の大学へ通っている女の子は、伊那からきているのではないかと小仏は想像した。

　待江には子どもがなかったのだろうか。そうだとしたら綾子は、水巻春子が産んだ綾乃ではないだろうか。

　小野塚綾子の写真はないかと小仏は球美にきいた。彼女は考える顔をしたが、

「ありません」

　と答えた。そして、

「綾子先生は、五十年前に京都の天龍寺で実のお母さんとはぐれた女の子でしょうか」

と、きらきら光る目を向けた。

「そうではないかと思われる点もありますが、決定的ではありません。小野塚待江さんに、『綾子さんは実子ですか』なんてきくわけにもいきませんし」

小仏は、首をゆるく振った。水巻春子は調査依頼人だが、小野塚綾子の存在を話すべきか迷った。もしも話したとしたら春子は、綾子に会いに行きそうな気がした。会いに行ったとしたら綾子にどんなことをいうだろうか。

『五十年前、間もなく三歳になる綾乃を、わたしは自分の身勝手から、天龍寺の人混みのなかでにぎっていた手をはなしました。そしてそっとお寺を抜け出しました。綾乃はわたしを呼んで、泣いてさがしたにちがいありません。以来、陰ながら、丈夫に育っていて欲しいと祈っていました。五十年も経ってから、一目会いたくなったなんて、許されることではないでしょうけど……』

とでもいって、手をにぎろうとするだろうか。

小仏とエミコは、球美に礼をいって立ち上がった。球美も椅子を立ったが、彼女はいくぶん不満そうに口をとがらせた。小仏とエミコが小野塚家を訪ねて待江に、「綾子さんは、五十年前に天龍寺で、実のお母さんに棄てられた綾乃という女の子ではありませんか」とでもいうことを期待していたような気がする。そして、小仏たちの質問に待江がなんと返事をするかを知りたかったにちがいない。それから、待江が綾子に、「きょう、私立探偵が訪ねてきて、妙なことをきいたわよ。人が嫌がるようなことをする人が世のなかにはいるものなのね」などとこぼす愚痴をききたいのだろう。

2

警視庁池上《いけがみ》署を最後に定年退職して、郷里へもどっているという男性から小仏に電話があった。五十年前のある朝、母親に置き去りにされた少女の一件を思い出したので、とその人はいった。新聞のY氏のエッセイを読んだのをきっかけに、幾日か前の新聞をさがして、小仏探偵事務所の呼び掛けを読んだのだといった。

「私は国本英介《くにもとえいすけ》という名であります」

と彼は几帳面そうに自己紹介した。

小仏は、「わざわざありがとうございます」と応じた。

「私は横浜市に長年住んで、警視庁第二方面の警察署に勤めていました。出身は青森県東津軽《ひがしつがる》郡今別町《いまべつまち》でありますが、警視庁に憧れ、警視庁警察学校へ入りました。当初は、津軽の言葉が抜けなくて、教官にも同期生にもしょっちゅう笑われていました。同期生のなかに青森市生まれの男がいましたが、その男の言葉には訛《なまり》がありませんでした」

国本英介という男は、よけいなことをいったといってから本題に入った。

「大森署に勤めていたときのことですので、五十年前ということになります。身ぎれいな服装をした三十代で独身だという女性が署にやってきて、こういうことをいいました。

『……五、六日前の朝、朝刊を取りに門へ出ていくと、門の屋根の下に痩せた女の子がうずくまっていました。どうしたのかときくと、お母さんにここにいるようにといわれたと答えました。わたしはとっさに女の子は置いてきぼりに遭ったのではと感じました。そこで［お子さんをあずかっています］と書いた紙を門の外へ貼っておきました。女の子に歳をきくと指を二本立てました。名前をきくと「あやの」と答えましたが、名前の文字は知らないようでした。……けさはご飯を食べたのかときくと、食べていないといいました。それで小さめのおにぎりを二つつくってあげると、おいしいといって二つとも食べました』とその女性はいいました」大森署を訪ねてきた女性は小野塚待江と名乗った。

なぜ、五日も六日も経ってから相談にきたのかと国本はきいた。すると小野塚待江は、『子どもの親が引き取りにくるのを待っていたのだ』と答えた。国本は待江の話に少しばかり疑問を持ったので、彼女の自宅へ、あやのと名乗った女の子に会いに行った。可愛い丸顔の女の子は犬の縫いぐるみで遊んでいた。

国本はあやのに、両親の名前や住所をきいてみたが答えられなかった。

そこで児童相談所と連絡を取り合った。待江の意見を打診すると、あやのの親があらわれるまでのあいだ面倒をみていたいといった。

児相は、あやのの身に変化が生じるか、そうでなくても毎週一回はあやのについて連絡を取り合うという条件で、待江にあやのをあずけた。

待江はほぼ半年のあいだ、児相との連絡を怠らなかった。国本も待江に電話を入れた。あやのの親はあらわれないし、なんの連絡もないということだった。

待江は、あやのの親はもうあらわれることはないと判断して、彼女を養子にする手続きをした。勿論《もちろん》、児相の意見もきき、「綾子」という名で籍を入れた。

「新聞のエッセイと、小仏探偵事務所の呼び掛けを読んで、昔のことを思い出しました。小野塚綾子さんという名で成長した女の子も、五十歳をすぎましたね。健康なら二十代のお子さんをお持ちではないでしょうか」

国本は訛のある言葉でいった。

「小野塚綾子さんは独身です。なぜ独りなのかは分かりませんが、皮膚科のお医者さんになっています。大田区の大森駅近くでクリニックを開業しています。待江さんは高齢ですが丈夫そうで、毎朝、二時間も歩いているそうです」

「では、自宅では二人暮らしなんですね」

「待江さんの郷里からきているらしい大学生の女性との三人暮らしです」

「そうですか。小野塚家は平穏そうで結構です。……私は、五十年前に、京都の天龍寺で母親の手からはぐれたという女の子と、小野塚待江さんが育てた女の子がダブったもので、それでお節介な電話をさしあげたんです」

「ダブった、とおっしゃいますと」

小仏は受話器をにぎり直した。

「五十年前、天龍寺で、連れていた女の子とはぐれてしまったのか、それとも意識的ににぎっていた手をはなしたのか分かりませんが、とにかく子供と別れてしまった。たまたまその近くに、子どもを欲しいと思っていた女性がいた。母親とはぐれて、『ママ』と呼んでいる女の子を見つけた子どもを欲しい女性は、女の子の手を引いて、人混みの天龍寺を抜け出した。そして自宅へ連れていき、数日後に、『家の門の下に女の子がうずくまっていた』と警察へ届け出たと、そんなふうに想像したものですから」

「国本さんの想像が、実際に起こっていたのかもしれませんよ」

小仏は持っていたペンに力を込めた。

「京都ではぐれた女の子も、他人の家の軒下にうずくまっていた子も、生まれた日は憶えていないが、子どもを産んだお母さんは、産んだ日を憶えていますよね」

国本は深い意味をふくんだ言葉を吐いた。

小仏は目の前の用紙に国本英介の住所を「今別町」と書いていた。それに目を落として、はっとした。津軽海峡線に今別という駅がある。そこと龍飛崎は近い。

「そちらの近くでは、最近、重大事件が起こりましたね」

「はい。高齢の男性が二人、龍飛崎で殺された事件のことですね」

国本の口調があらたまった。

「私は以前、警視庁本部の捜査一課にいた関係で、桑畑松市さんと大杉昌比古さんが災難に遭った事件に首を突っ込んでいます。二人が殺された原因の一端でもつかむことができればと思って、先日、現場を踏んできました」

「遠いところをそれはご苦労さまでした。二人の事件については、勝手な推測が飛びかっていますが、地元の方ではないので、警察はお手上げのようでした。そんな折り、被害者の一人を見たことがあるという人があらわれました」

「被害者の一人を見たというと、どちらをでしょうか」

「さあ、詳しいことは分かりません。私は人の話を耳に入れただけですので」

国本の声は少し小さくなった。

「被害者の一人を見たといったのは、だれでしょうか」

小仏の耳もとへイソが寄ってきた。相手の話をきこうとしたのだ。

「車で食品の移動販売をしている女性がいますが、たぶんその人が被害者の一人を憶えていて、警察に話したのだと思います」

小仏には思いあたることがあったので、国本に礼をいって電話を切った。

この前、龍飛崎へ行ったさい、灯台の近くから枯草色の雑草地を見下ろしていた。するとそこへ赤や青で彩られた小型トラックが視野に入った。トラックは食料品を積んでいるようで、運転している人は赤い服を着ていた。そのトラックは「津軽海峡冬景色」の歌謡碑の近くにとまっていた。その辺に得意先があるのか、それとも龍飛崎を訪れる客が買うのをあてにしているのか、じっと動かなかった。

「もう一度、龍飛へ行く」

小仏は立ち上がった。

「また、急に……」

イソも椅子をはなれた。居眠りしていたシマオが伸びをしてから、小仏とイソの顔を見て一声鳴いた。シマオはシタジの足元をぐるりとまわってから、エミコに声を掛けた。

シマオはエミコになついている。エミコが炊事場に立っていると、足元でじっと彼女を見上げている。だがエミコは躾《しつけ》に厳しい。パソコンのあるデスクには絶対に飛び乗らないようにと何度も教えている。

　小仏事務所にはきょうも、「人生を閉じる前に行きたいところ」の希望者から電話が入った。

　電話をくれた山谷《やまや》という男性は、「今度の正月がくると八十歳になります。天気の悪い日でないかぎり毎朝、三、四十分歩いています。……年に二回ぐらいは風邪をひいて二、三日寝込みますが、持病はありませんので」といった。

　どこへ行きたいのかをエミコがきくと、

「天橋立《あまのはしだて》を見て、城崎《きのさき》温泉に泊まりたいんです。私は旅行らしい旅行をしたことが一度もありません。交通手段についても不案内です」

といった。

　前にも同じような問い合わせがあったが、エミコは参考までに、と前置きして、なぜ天橋立と城崎温泉へ行きたいのかをきいた。

「ずっと前のことですが、大学生だった娘は、何人かの友だちと、天橋立と城崎温泉へ旅行しました。帰ってきて、『まるでカニを食べるための旅行だった』と話しましたが、その十日後、交通事故に遭って亡くなりました。もう三十年にもなります。何日か前、小仏事務所のチラシを手にして、行きたいところはあるかと自分に問い掛けてみたら、娘が話していたカニを食べる旅行を思いついたんです。……私は、特殊な機械の熔接《ようせつ》をする仕事を十五歳のときから三年前までつづけていましたが、仕事の後継者が育ったんで、引退しました。その後は、本を二日に一冊読むという暮らしをしています」

エミコは、「ご家族は」ときいた。

「五年前に同い歳だった家内がなくなって、以来独り暮らしをしています。毎日、歩いて十五分のスーパーへ一日分だけの食べ物を買いに行きます。あとは本を……」

ゴトッと音がして、山谷は短い叫び声を上げた。

「どうかなさいましたか」

エミコがきくと、カップのコーヒーをこぼしたのだといった。

エミコはハンカチをつかむと、まるで自分があやまってコーヒーをこぼしたとでもいうふうにデスクの上で手を動かした。間もなく八十歳になる男が、テーブルや床にこぼしたコーヒーを拭《ぬぐ》う姿を、想像しているようだった。

3

きょうも小仏はイソを連れて、午前十時すぎに北海道新幹線の奥津軽いまべつに降りた。約三時間半だが、イソは東京駅で買った弁当を食べてお茶を飲むと、腕組みして目を瞑《つぶ》った。新青森で小仏が足を蹴《け》ると、「えっ。もう津軽なの」といって、大きく腕を伸ばした。

レンタカーを調達して、きのう電話をくれた国本英介を自宅へ訪ねた。

国本の自宅は小ぢんまりとした平屋だった。厚いセーターを着て玄関へ出てきた彼は、小仏たちの訪問に驚いたような顔をした。「きのう電話したばかりなのに」といって、部屋へ通した。

陽焼け顔の国本は白髪の妻と二人暮らしだった。夫婦には男の子が二人いて、いずれも青森市内で家庭を持って、会社勤めをしているという。

国本は、健康なうちは働いていたいのでと、近くの漁師から魚を仕入れて細ぼそと干物づくりをしているといって、白い半透明のイカを見せた。

「おいしそうですね」

小仏がいうと、

「焙《あぶ》りましょうね」

と妻がいって、小型のコンロをテーブルにのせた。熱いうちに食べないとすぐに固くなるという。

妻は、茶碗《ちゃわん》に盛った白いご飯を小仏とイソと夫の前へ置いた。タクアンを山に盛った鉢を置くと、干物のイカを二つに割いてコンロにのせた。イカは生きているように身をくねらせ、匂《にお》いを立てた。

小仏は一口食べると国本夫婦の顔を見比べた。旨《うま》いとしかいいようがないが、言葉が出なかった。

小仏の横でイソは目をこすっていた。龍飛漁港で老漁師が焼いてくれた小魚の味も忘れられないが、目の前のイカの干物の味は、人に伝えられないと思った。イソは遠慮がちに、

「奥さん。ご飯をもう一杯いただけませんか」

といった。妻は目を細め、白い歯を見せた。

小仏とイソは、国本を車に乗せて龍飛崎へ向かった。どんよりと曇った空の色が海に映っていた。［津軽海峡冬景色］の歌謡碑の近くへ車をとめた。枯草色の丘が階段状につづき、山の上では白い風車がまわっている。青函トンネル記念館は今年の営業を終わらせたからか、観光客らしい人も車も見えなかった。

イソは、海を向いたり白い灯台を仰いだりしながら、「ごらんあれが竜飛岬北のはずれと」と、大声でうたった。ここへ立つと、なぜかうたいたくなるらしい。イソの声に誘われてか、黒い鳥の群が曇った空へあらわれた。群は直線を引いたり二列になったりして街の方向へ飛んでいく。まだ日暮れには早いのに、鳥たちにも行くところ

があるらしい。

三十分ほど経《た》って、イソの声が嗄《しゃが》れはじめたところへ音楽を鳴らした車がやってきた。小型トラックだが赤と青に塗り分けられ、荷台には食品をぎっしり積んでいるらしい。すぐ近くの白い建物から男が一人、転がるように出てくると、食品の車からなにかを買って、建物へもどっていった。

車を運転してきた人は真っ赤な服を着て靴も赤だった。黒い帽子をかぶっている。近くへ寄って分かったが五十代に見える女性だ。胸には［中平《なかだいら》まり子《こ》］という名札を付けていた。

小仏は名刺を渡して、

「龍飛崎の事件の被害者にお会いになったことがあるという方では」

ときいた。

女性は小仏の素性をたしかめるような表情をした。

小仏は、被害者の二人がなぜこの龍飛崎へきて事件に巻き込まれたのかを調べているのだといった。

「被害者の一人の大杉昌比古さんは、元警視庁で要職にあった人です。私も以前、警視庁で事件捜査にあたっていました。そんな関係から警視庁は、なぜ仲のよかった二人が事件に遭ったのか、その原因を、私たちにさぐらせているんです」

西村京太郎
東海特急殺しのダイヤ
十津川警部捜査行

犯行時刻、容疑者は飯田線に乗っていた!? 十津川警部が崩す鉄壁のアリバイ!

十津川警部が崩す鉄壁のアリバイ! 名古屋、静岡、伊勢路など東海地方が舞台のミステリー集。

定価**858**円（税込）978-4-408-55724-3

実業之日本社文庫

4月の新刊

追悼
トラベルミステリーの巨匠が遺した傑作短編集

推し本、あります。

実業之日本社文庫

津本 陽
深淵の色は 佐川幸義伝

定価**847**円（税込）978-4-408-55723-6

大東流合気武術の達人、佐川幸義。門人となった著者が天才武術家の生涯をたどり、師の素顔を通して神業に迫った渾身の遺作。

梓 林太郎
津軽龍飛崎殺人紀行
私立探偵・小仏太郎

定価**825**円（税込）978-4-408-55721-2

長崎の旅から帰った数日後、男ははるか北の青森・津軽龍飛崎の草むらで死体となって発見された。殺された男の足跡をたどると、消えた女の謎が浮かび――。

南 英男
邪欲
裁き屋稼業

定価**858**円（税込）978-4-408-55726-7

社会派ライターの真木がリストラ請負人の取材中に殺害された。裁き屋の二人が調査を始めると、事件の背景には巨額詐欺事件に暗躍するテロリストの影が…。

実業之日本社文庫

ます。

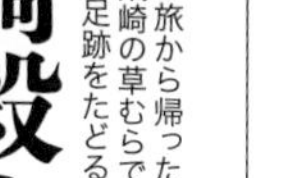

©山下以登

蒼山 螢
後宮の宝石案内人

定価759円（税込）978-4-408-55720-5

書き下ろし

輝峰国《きほうこく》の皇子・皓月《こうげつ》が父の後宮で出会ったのは、下働きの風変わりな少女・晶華《しょうか》。彼女の宝石への知識と愛は常軌を逸していて……。痛快中華風ファンタジー！

花房観音
ごりょうの森

定価759円（税込）978-4-408-55725-0

いきなり文庫

平将門、菅原道真、井上内親王など、古くから語り継がれてきた日本の「怨霊」をモチーフに、現代に生きる男女の情愛の行方を艶やかに描く官能短編集。

睦月影郎
母娘と性春

定価770円（税込）978-4-408-55727-4

いきなり文庫

独身の弘志は、上司に誘われて妖艶な母娘が住んでいる屋敷を訪れる。そこには、ある役割のため家の女と交わる風習があった。男のロマン満載、青春官能！

推し本、あ

定価814円（税込）978-4-408-55722-9

五十嵐貴久
マーダーハウス

予想外の結末、震撼のサイコミステリー

希望の大学に受かり、豪華なシェアハウスで暮らすことになった理佐の平穏な日々は、同居人の不可解な死で壊れていく。

実業之日本社文芸書3月新刊

彼女。
百合小説アンソロジー

相沢沙呼／青崎有吾／乾くるみ／織守きょうや／斜線堂有紀／武田綾乃／円居挽

新時代のトップランナーが贈る、全編新作アンソロジー！

彼女と私、至極の関係性。〝観測者〟はあなた。

定価1925円（税込）978-4-408-53804-4

amazon
ランキング
マンス部門
2022/3/4調べ
第1位

※定価はすべて税込価格です（2022年4月現在）13桁の数字はISBNコードです。ご注文の際にご利用ください。

中平まり子は、小仏のいったことを納得したかどうか分からないが、

「何年も前から何度か、桑畑松市さんを見ていました」

と、氏名を正確に答えた。

「桑畑さんを、何度も……」

小仏は小首をかしげた。

「わたしは、この仕事を二十代のときからやっています。真冬はやれませんが、そのほかの季節は毎日、こうやって食品を売っています。初めて桑畑さんを見たのは、二十年ぐらい前でした。都会からきたらしい服装のいい紳士を三厩《みんまや》の海辺で見掛けました。その人は渚《なぎさ》を歩いて、流れ着いたゴミのなかでなにかをさがしているように見えました。それから何年か経ってからです。龍飛崎の弓浜を棒のような物を持って歩いている男の人を見て、何年も前に三厩で見掛けた人だと気付きました。……国道三三九号沿いに源　義経《みなもとのよしつね》が祈りを捧《ささ》げたとされている観音《かんのん》像の義経寺《ぎけいじ》がありますが、その近くの海辺でもその人を見ました。そのときも棒のような物を持っていたと思います」

「棒のような物を持って海辺を歩いていた人は、桑畑松市さんにちがいないですか」

小仏は、帽子の庇《ひさし》を押さえている赤い服のまり子にきいた。

「まちがいないです。今度の事件が起きてから警察で、いくつもの写真を見せられま

した。少し猫背の特徴を憶《おぼ》えていました。お名前は今回初めて知りました」

「最近は、いつごろ見掛けましたか」

「三、四年前の秋だったと思います。そのときは一目見て、前に何回か見た人だと感じました」

「そのときその人は、なにをしていましたか」

「海を眺め、少し歩いて、また海を眺めているようでした」

「桑畑さんと思われるその紳士は、車に乗ってきたんでしょうね」

「そうだと思います。わたしはその人をずっと見ていたわけではないので、はっきりとは分かりませんが」

まり子の話をきいていると、桑畑松市らしい男を二十年ほど前から少なくとも三、四回は見ているようだ。

当然だが警察は、彼女の記憶を捜査の参考にしているだろう。

「龍飛崎へ行ってみたい」といったのは大杉らしい。彼に龍飛崎行きを誘われた桑畑は行ってみたかった景勝地なので同行したということだったが、中平まり子の記憶によって事実はだいぶちがっていたようだ。

大杉は、桑畑が何度も龍飛崎を訪ねているのを知っていたので同行を誘ったのか、それとも未知の土地だと思ったので誘ったのか。

まり子の記憶にある紳士が桑畑だったとしたら、彼はなぜ龍飛崎かその近くの海辺を歩いていたのか。ただの観光旅行ではなかったようだ。それとなんのためにだったのか、桑畑らしい紳士は棒のような物を持っていたという。

まり子はほとんど毎日、龍飛崎の付近の人や観光客を目にしていたが、棒のような物を手にして海辺を歩いていた男の姿はいくぶん異様で、それが目に焼きつく結果になったにちがいない。

小仏とイソと国本は、階段国道を漁港へと下った。きょうは岸壁に人の姿はなかったが、赤い屋根の家へ声を掛けると、すぐに玄関の戸が開いた。タオルで鉢巻きした男が出てきた。先日、岸壁で釣り上げた小魚を焼いてくれた男だった。口のまわりには白い髭《ひげ》が伸びていた。

わりに広いたたきの中央ではストーブが燃えていた。小仏たちはストーブの前の床几《しょうぎ》をすすめられた。

中平まり子が何回か見掛けたという男のことを小仏が話した。

「十年ほど前、帯島の端に立っている男を見掛けたので、波が荒いで気をつけろよって注意したことがあった。それはいまごろじゃなかったかな。……それから二年か三年あとだったと思うが、岸壁を行ったりきたりしている男がいた。なにかをさがすような格好をしていたが、前に帯島の端で見た人だったと分かった」

「その男性は、棒のような物を持っていましたか」

「なにを持っていたかは憶えていないが、なにかをさがしていたような気がする」

「なにかをさがしている。なんでしょうね」

「なんだったか」

漁師は、白い髭を撫《な》でながら首を左右に曲げた。

警察官に、その男のことを話したかときいたところ、たったいまその男のことを思い出したので、話していないという。

三人は階段国道を上り返した。途中の龍飛中学跡地の碑の前で一息入れ、海を振り返った。木の枝が笛を吹き、灰色の雲が青空を埋めて流れ、目の前の枯れ草が渦を巻いた。

国本を自宅へ送ることにした。今別が近づいたところで停車している蟹津観光のタクシーを見つけた。運転手は宇部ではないかと思ったので、とまっているタクシーを見ていた。二、三分もすると紺色の服装の男が民家のあいだから出てきた。やはり宇部だった。小仏は車を降りた。

「あれ、小仏さん。まだ津軽においでになったんですか」

宇部は目を丸くした。

龍飛崎事件の被害者の一人を何度か見た人がいるという情報をきいたので、その人に会うためにあらためてやってきたのだといった。

宇部は帽子の鍔《つば》に手をやると、

「あれはいつだったか……」

と、独りごちて首をひねった。なにかの出来事を思い出そうとしているらしかった。彼は曇り空を仰ぐような格好をしていたが、ポケットからケータイを取り出してボタンを押した。小仏たちに背中を向けて話していた。相手は親しい人らしい。

彼は短い会話を終えると、小仏のほうを向いた。

「いまから六年前の五月か六月のことです。龍飛崎の断崖《だんがい》から海へ転落して亡くなった男がいたのを思い出したんです」

「事故死ですね」

「事故死ということになっているようですが、その人には連れの人がいたようなんです。連れでなくて、龍飛崎で出会った人だったのかもしれません」

「目撃者がいたということでしょうが、その男の転落の瞬間を見たのでしょうか」

「いいえ。断崖を見下ろしていた人が遺体を発見したんです。それで近くにいた観光客が大騒ぎをして、警察に通報した。警官は何人かの観光客から話をきいた。そうしたら、亡くなった男の人は、断崖の近くでだれかと話していたことが分かったということでした」

「亡くなった男性は、観光客でしたか」

「新聞に出ていましたが、職業はカメラマンで、たしか東京の人だったと思います」

イソは、小仏の横でメモを取っていたが、転落事故の発生日を正確に知る必要がある、と小さい声でいった。

4

イソは、所轄警察署で男性の転落事故の発生日を調べるのかと、小仏にきいた。

「いや」

「いやって、どこで調べるの」

「おれは、警察が嫌いだ」

「元警察官だったくせに。……そうか、所長は、警視庁をクビになったんだ。それで警察が嫌いに……」

「うるさい」

国本を自宅の前で降ろした。国本の妻が車の音に気付いたらしくつっかけを履いて出てきた。

小仏は車を降りて、国本と妻に礼をいった。

「お邪魔でしょうけど」

妻は茶色の紙に包んだ物を二つ、小仏に差し出した。干物にちがいなかった。小仏は頭を下げた。と、エミコの顔が浮かんだ。彼女が白い半透明のイカの干物を焙って一口食べ、その旨さに微笑《ほほえ》む顔が大写しになった。

地元新聞の奥津《おくつ》日報社は、青森市の中心街にあった。

ワイシャツ姿の四十代に見える男性社員に、何年か前に龍飛崎の海へ転落して死亡した男の記事を読みたいと告げると、

「それは六年前の五月です」

といって、小仏をパソコンの前へすわらせた。

[龍飛崎で男性が海へ転落]という見出しの記事は六年前の五月二十日の新聞に載っていた。

断崖から海へ転落して死亡したのは五月十九日の午後一時半ごろ。断崖上から海をのぞいた観光客が岩場へ打ち寄せられている人を見て、警察に通報した。転落した男性を断崖上に引き揚げるのに約三時間を要した。男性は身元の分かる物を持っていて、それによると氏名は伊浦静人《いうらしずと》、当時四十三歳。住所は東京都豊島区要町《かなめちょう》。警視庁への照会によって身元確認ができた。伊浦の職業はフリーのカメラマン。伊浦の妻の話によると彼は二泊の予定で青森へ出掛けた。目的は撮影だが、どこを撮るのかは妻は

知らなかった。いつも単独行動なので今回も同じだったと思うと妻は語った——

「その事件、私が取材に行っているので、憶えています」

新聞記者はペンでものを書くような格好をした。

「まちがいなく事故ですか」

自殺か事件ということも考えられるのではないか、と小仏は記者にいった。

「私もそう思いましたので、龍飛崎のホテルに泊まっていた観光客にも会いました。客の二人が、カメラをたすき掛けにしていた人が灯台の近くで、男の人と立ち話していたのを見ているといいました。カメラをたすき掛けしていた男は、伊浦さんだったでしょう。もしかしたら伊浦さんはだれかと一緒だったか、龍飛崎で知り合いに会ったということも考えられます」

記者は、自殺は考えられないといった。

小仏も同感だとうなずいた。

「それから……」

記者は咳払《せきばら》いをした。「青函トンネル記念館内には食堂があります。そこの従業員は、ずっと前にも食事をしていったと伊浦さんのことをいいました。名前は勿論、亡くなってから分かったんですが、特徴のある顔で大きいカメラを持っていたので記憶していたといいました」

「ずっと前というと、いつごろのことでしょうか」

「二年ぐらい前だといいました。いまから八年前ということになります」

カメラマン伊浦は、龍飛崎へ少なくとも二回行っている。季節のちがう岬の風景を撮るのが目的だったのだろうか。

新聞社を出ると空を仰いだ。灰色の空の一角が赤かった。入り日が空を焼いているのだった。

「所長」

イソは吠《ほ》えるような声を出した。

「なんだ」

「日が暮れました」

「日暮れは、おまえにだけ訪れたんじゃない」

「きょうは、なにを食おうかって考えないの」

「そんなこと、考えたことはない」

「人間が生きていくうえに、いちばん大事なことを考えないの」

「なんだ、そりゃ」

「所長の人生って、退屈でつまらないんだ。あしたも生きようって、思わないの」

「思ったことは、ない」

「顔がでかいだけじゃなくて、なにもかもが大雑把で、人の気持ちなんか酌もうとしないんだ」

「おれをけなしているのか」

「人に好かれないだろうって、同情してるんじゃないの」

雲の色が急に褪《さ》めた。走っている車のライトがまぶしくなった。

「おまえは、くる日もくる日も、なにを飲み食いしようかって、そればっかり考えている役立たずの動物だ。いまにブタのような面相になるにちがいない」

「ブタでもイノシシでもいいから、今夜は津軽漁り火へいきましょう」

イソは、かつてはかずかずの人を運び、その役目を終えた青函連絡船メモリアルシップ八甲田丸のほうへ足を向けた。小仏はイソの後をとぼとぼと追った。


津軽漁り火の障子の戸を開けると、奥のほうから三味の音《ね》が、渚へ波を送るようにきこえてきた。きょうは早い時間から流しがきているのだろうかと奥の座敷に近づいた。

三味線を抱えているのは、なんと十代としか見えない女の子だった。お下げ髪のその子は背筋を伸ばし、真《ま》っ直《す》ぐ前を向いて弾き、「あいや」と黄色い声を上げた。五、六人の客がまばたきを忘れて彼女に見入っている。

小仏たちはそっと座敷へ上がった。イソは小仏の前に正座すると、拝むように手を合わせた。

彼女は流しではなかった。人前で弾いたりうたうことに慣れるように訓練しているのだと、店の人がいった。

きょうは、エビとホタテとホッキガイで燗酒《かんざけ》を飲んだ。

「こういう旨い肴《さかな》で酒を飲んでると、東京へは帰りたくなくなるね、ね、所長」

イソは生のエビを指でつまんだ。

「そうか。じゃ、青森で暮らすといい。あしたハローワークへ行ってみたら、どうだ」

「なんだか、おれを置いて帰るみたいな、いいかたじゃないの」

「ここが気に入ったんだろ。気に入った土地に住めばいいっていってるんだ」

「そういうふうには、きこえなかった。おれのことが邪魔になったんで、棄《す》てようっていう魂胆が、見え見えだった」

イソは手酌で飲《や》りはじめた。そろそろ、どこにいるのかもわからなくなるだろう。

いつの間にか女の子の三味の音はしなくなったが、べつの三味の音が隣室からきこえてきた。

「所長」

「なんだ。急にでかい声で」

「東京からきていた伊浦カメラマンは、断崖を転落したんです」

イソは仕事を忘れてはいないらしい。途切れ途切れに仕事がちらつくようだ。

「飛び込んだんじゃなく、過って転落したんだろうな」

「いや、ちがう」

「どうちがうんだ」

「伊浦は断崖の上でだれかと話していた。そのだれかは、伊浦を断崖の上へおびき寄せたんだ」

突き落とすためにおびき寄せたということらしい。

「そのだれかは、伊浦が追いかけてきているのを知っていた。それで、わざと目立つようにしていた」

「目立つというのは、伊浦の目にとまりやすいようにしていたっていうことだな」

「そう。伊浦が話し掛けてくるのを、待ってたんだ」

イソは断定した。小仏の前に置かれていた銚子《ちょうし》をつかむと、自分の盃に注ぎ、一気にあおると、「ぐおう」と唸《うな》った。

「伊浦は、伊浦は……」

なにかいおうとするが、酒がからみついて、思考を散逸させているらしい。

隣の部屋から三味の音と歌声がきこえはじめた。

イソは上体を左右に揺らし、首を垂れていたが、目が覚めたようにからだを起こすと、鼻歌をうたい出した。もうどこにいるのかも、カメラマンの死の疑惑も、あとかたもなく消し飛んでしまったようだ。

小仏は冷たい水を頼んで飲んだ。あまった水をイソの頭に振り掛けた。イソはぶるっと頭を振ると、「おい。小仏太郎……」と呼んだが、あとは言葉がつづかず、目は脂を塗ったようにとろんとしていた。

5

翌朝、小仏は桑畑松市の娘の矢野まみ子に電話した。

「いま、お話ができますか」

小仏がきくと、

「大丈夫です」

と、耳を澄ますようなききかたをした。

「桑畑さんは、何度も龍飛崎を訪ねていたようですが、それをご存じでしたか」

「えっ、何度も。それは知りませんでした。何度もというと、なにか目的があったのでしょうね。なんのために、そんな遠方へ……」

「目的は分かりません。行くたびに海辺を歩いている桑畑さんを見たという人がいます」

「海辺を……。なぜでしょう」

彼女は首をひねっていたようだが、娘にきいてみるといった。琴音のことである。

二十分ほどすると琴音が小仏に電話をよこした。

「おじいちゃんが何度も龍飛崎へ行っていたというと、それはいつごろからでしょうか」

「二十年ぐらい前からのようです」

「二十年も前……。どんな目的があったのかしら」

「それは分かりませんが、棒のような物を持っていたと記憶している人がいます。……桑畑さんは、日記をつけていましたか」

「つけていなかったと思います」

小仏は琴音と話しているうちに、桑畑が相談役の職に就いていたパスコニアクラブへ問い合わせることを思いついた。

電話を秘書課へまわしてもらい、六年前の五月十九日に桑畑が出社していたかどうかを知ることができるかときいた。

電話に出た女性社員は、丁寧な言葉遣いで、調べてみるので、電話番号を、ときいた。

二十分ほどすると、女性社員から返事の電話があった。

「ほぼ毎日、各部署担当の役員や相談役が出席する会議がございます。会議には出席者が記録されています。お問い合わせの日は日曜で会議はありませんでした」

その前後の日はどうか、と小仏はきいた。

五月十八日と二十日に桑畑が関係している部署の会議が開かれているが、出席者に彼の名前は入っていないという。

小仏は東京にもどることにした。すぐにも会いたい人を思いついた。列車に乗っているあいだの時間がじれったかった。しかしこれが調査というものだと、自分をなだめた。

きょうのイソは、足を引きずるような歩きかたをしていた。

「酒に弱いくせに、意地きたなく飲むから、次の日まで頭に酒が残ってるんだ」

小仏は小言をいった。イソはものをいわずに上目遣いに小仏をにらんだ。その顔は世のなかで最も憎い者に会ったといっていた。

カメラマンだった伊浦靜人が住んでいたところは、安間の調べで分かっていた。そこは豊島区要町。住宅街の一角の小ぢんまりとした二階屋だった。

伊浦の妻克子《かつこ》は池袋のレストランに勤めていることが分かった。彼女には大学生の娘がいた。

隣の家は伊浦家の倍ぐらいの大きさだった。インターホンを押すとすぐに犬が吠えた。その声は一頭ではなかった。喉《のど》でも痛めているような声の女性が応答した。

「お隣の伊浦さんのことを、ちょっとおうかがいしたいのですが」

小仏はゆっくりした口調できいた。

「伊浦さんのなにをききたいんですか」

なんとなく悪意のこもっていそうないいかたをされた。

「伊浦さんは、娘さんとの二人暮らしのようですが、ご主人はどうなさったのか」

「何年も前に亡くなりました。詳しいことは奥さんにきいたらどうですか。奥さんは、池袋西口の東武の前のクインクというレストランに勤めています」

インターホンはそこで切れてしまった。小仏の質問にいちいち応えているのが面倒だといっているようだった。インターホンに応えたのは主婦だろうが、伊浦の妻の勤め先を知っていたのだから多少の交流はありそうだ。

取りつく島がなくなった小仏は、伊浦克子を訪ねることにした。

池袋の西口へ出たのは久しぶりだった。芸術劇場前の広場では色とりどりのボールを操っている外国人の男がいた。そのみごとな芸を十数人が見て拍手を送っていた。クインクというレストランはすぐに分かった。道路側には薄い白のカーテンが張られていた。店内は十席ぐらいの広さで、食事どきを過ぎているからか窓ぎわの席に若い男女の客がいるだけだった。

厨房《ちゅうぼう》で白い服装の男女が動いているのが見えた。小仏はそこへ声を掛け、伊浦克子さんに会いたいと告げた。

伊浦克子は、はずした前掛けを手にして厨房を出てきた。痩《や》せぎすで、そろそろ五十にさしかかるといった歳格好《としかっこう》だ。彼女は警戒するような表情をして頭を下げた。

小仏は、龍飛崎で伊浦靜人の災難を知ったのだといった。

小仏の名刺を受け取った克子は、あらためて彼の顔を見てから壁ぎわの席へ案内した。

「きれいなお店ですね」

小仏は店内を見渡す目をした。

「わたしの父がはじめた店で、いまはわたしの兄がやっているんです」

克子は、小仏をじっと見て答えた。

小仏は、伊浦に対する悔《く や》みをいってから、龍飛崎で発生した事件に関係のあることを調べているあいだに、伊浦の不幸を知ったのだが、疑問を感じたので、けさ青森から戻ってきたのだと話した。

「わたしはいまも、伊浦の事故死を疑っています」

彼女はそういうと唇を嚙《か》んだ。

「根拠があるんですね」

「あります。伊浦は、ある目的を持って龍飛崎へ行ったんです」

彼女はたたんだ前掛けを膝にのせた。

「その目的を、おききになりましたか」

「彼は新聞社にも出版社にも属さないフリーのカメラマンでした。彼のようなカメラマンは大勢いて、競争は激しいという話をきいていました。わたしは彼と結婚するとき、両親と兄から伊浦の職業をきかれました。フリーのカメラマンだというと、兄は『食えないだろ』といいました。そのとおりでしたので、わたしは悔しかったです」

伊浦は、山や海で風景を撮り、それを新聞社や出版社に持ち込んでいた。だが、採用されない作品のほうが多かった。若いとき彼は海外の紛争や戦争地域に行くことも考えたが、家族や知人の強い反対があって思いとどまった。彼は収入の少ないことを苦にしながら結婚した。

「偶然のことですが、ある建物を撮って、出版社に見せると、編集者が企画を考えてくださったんです」

「建物の写真……」

「はい。地方の古い旅館や学校を撮って見せると、日本各地の有名な建物を撮ってもらいたいという依頼を受けました」

「有名な建築物といったら、寺院ですか」

「そうです。伊勢神宮や出雲《いずも》大社。それから法隆寺。薬師寺金堂、中尊寺金色堂。そして東京駅。百二十か所ぐらいの写真に、解説が付いた本が出版されて、地味な趣向のわりによく売れたということでした」

「その本、私も書店で手に取った憶えがあります。わりに厚い本でしたね」

「四百ページほどです」

その後、伊浦にはまとまった収入になるような仕事は入らなかった。

彼はなぜか国内の小さな港を見るのが好きで、いずれは［波止場］というタイトルの本を出したいといって、おもに東北の海辺をまわっていた。龍飛崎もそのひとつで、欠くことのできない場所と呼んでいた。

その龍飛崎である光景を目にしたことを伊浦は妻に話した。――秋口の朝だった。初老の男と中年の女性が渚の近くを歩いていた。伊浦の目には砂浜をゆっくり歩くその二人の姿が焼きついた。男は盛りをすぎ、女性は燃え立つものをたぎらせているように映った。

歩いていた二人は岩陰に隠れて見えなくなった。が、しばらくすると男だけが龍飛漁港を通って、灯台のほうへ上ってきた。伊浦はその男を見て不審感を抱いた。なぜ仲がよさそうに渚の近くを歩いていた女性の姿が消えたのか。伊浦は付近を歩いて、女性の姿をさがした。その女性は、薄い水色の地に赤い縞《しま》が通ったワンピースを着ていたような気がした。

男と女は、たまたま龍飛崎で出会ったというだけで、知り合いではなかったのかもしれない。だが海辺から姿が消えた事実が伊浦には解せなかった。一緒に歩いていた男の行動に疑惑を抱いた。男のほうはというと、灯台のほうへ上ってきてからも何度か海を振り返るようなしぐさをした。

伊浦は男に、さっき一緒に歩いていた女性の姿が見えなくなったが、どうしたのかをきこうとしたが、それよりも男がどういう人間かを知りたくなった。

男は、レンタカーを青森空港で返すと東京へ飛んだ。その彼を伊浦は影のように後について追いかけた。男の自宅は中野区だった。氏名は桑畑松市だと分かった。

桑畑は六十代前半だ。職業に就いていそうだったので、近所の家で聞き込みした。

桑畑は、大手サービス業のパスコニアクラブの役員ということをつかんだ。

次の日から伊浦は、桑畑の行動を観察することにした。

午前十時に自宅を出た桑畑は紺の地に薄い縞の入った上質のスーツを着ていた。電車を御茶ノ水で降りると、神田川の橋を渡って大学病院へ入った。大学病院の関係者にでも会うのかとみていると、内科の外来待合室の椅子にすわった。五分ばかり経つと白衣姿の女性が彼に近づいて、廊下を一緒に歩いた。着いたところは臨時診察室。大病院にはこういう部屋が何か所かあるのを伊浦は知っていた。一般の患者などに顔を見られたくない著名人などを診察する場所である。桑畑はその部屋から二十分後に出てきた。なんとなく病院から特別な計らいを受けているようだった。

大学病院を出た桑畑は、港区虎ノ門の白いビルへ入った。パスコニアクラブとその関係会社の拠点である。

伊浦は一週間、桑畑の行動を観察することにした。桑畑の出勤は一般のサラリーマンとは異なっていた。朝の九時ごろ、普段着で自宅を出てくると散歩をした。テニスの練習をフェンス越しに眺めていることもあり、花屋へ立ち寄って小さな鉢植の花を見ていることもあった。そういうことをしている日は会社へは午後に出社した。会社から帰る時間もまちまちで、午後七時すぎに白いビルを出てきた日もあった。

伊浦が自宅を張り込んで七日目の朝、薄手のコートを着て旅行鞄《かばん》を持った桑畑が出てきた。遠出することがあるだろうと予測していたので、伊浦も毎日その準備をしていた。会社の出張かとみていたところ桑畑は羽田空港へ向かった。青森行きの便に乗るのだった。空席があって伊浦は彼と同じ便で青森へ飛んだ。龍飛崎へ行くのではないかとみた伊浦の予想はあたっていた。空港でレンタカーを調達すると広びろとした農地を北へ向かった。急ぐ旅ではないからか、桑畑は安全運転で津軽線に沿って走り、北のはずれのホテルへ入った。

桑畑はホテルに二泊して、午前と午後、海辺をゆっくり歩いた。その途中で波に打ち寄せられた棒を拾い、それをついたり、ゴミの山をつついたりしていた。伊浦ははなれたところから、奇異な行動をする桑畑を撮影した――

二十年前に龍飛崎で目撃した奇異な出来事も、桑畑のことも、いつしか忘却していた伊浦に、かねてから提案していた「波止場」をある出版社が制作する仕事がきた。その「波止場」は、さざ波にゆらゆらと揺れて岸壁で眠っている船の写真を並べるだけではなかった。波止場の歴史や、そこに住んでいる人びとの営みや、小説にはどんなふうに描かれ、歌謡曲にはどんな詞でうたわれているかを織り込むことになった。当然だが龍飛崎の波止場は重要な位置をしめることになり、アジサイの咲く季節と、雪が真横に条《すじ》を引いている季節の写真を、何点か編み込む企画がかたまった。

そこで伊浦はあらためて龍飛崎へ、アジサイの群生する丘を撮りに出掛けた。それが六年前だった。

「伊浦は龍飛崎で、だれかに会ったんです」

克子は唇を軽く噛むと一瞬キツい目をした。

「奥さんには、それがだれだったのか、分かっているんじゃないですか」

「推測では、伊浦がわたしに話したことのある桑畑という人、と思っています」

伊浦の遺体を引き取りに行った日、克子は警察官とともに初めて龍飛崎の灯台の前に立った。夫がとりわけ好きだった丘の上から海と薄い島影を眺めた。

偶然だが伊浦は、アジサイを撮るために上った丘の上で桑畑松市に出会ったのではないか。そこで彼は桑畑に向かって、『あなたは何度もここへやってきているが、なにか目的があるのではありませんか』とでもきいたのではないか。伊浦の問い掛けに桑畑はなんと答えたか分からないが、二人が向かい合っているのを見たという観光客は何人かいた。

伊浦は、男と向かい合っていた丘より、一段下の断崖から転落したことが、警察の検証で判明した。彼は切り立った断崖をのぞくためにそこへ行ったのではないか。真下の岩に砕ける波頭を見ているうちに、足を滑らせて転落したのかもしれないし、あるいは何者かに背中を突かれたか蹴られたということも考えられた。

何者かに背中を突かれたりした犯罪の場合、証拠がない。高い山の稜線《りょうせん》などで起こった犯罪がそれである。殺意を隠し持っていた者が、岩場の断崖にさしかかったところで同行者の背中を突く。指一本で被害者は転落死する。犯意を秘めていた同行者は、過って墜落したといいとおせば、証拠がないのだから犯行はまず見抜かれない。

小仏は克子に、桑畑松市に会ったかときいた。

「伊浦が亡くなって二か月ばかり経ってからです。彼が遺《のこ》した物を整理しているうち、彼が桑畑という人の行動を疑っていたことを思い出して、その人に会ってみようという気になりました。しかしわたしは、見ず知らずの人にいきなり会って、なぜ会いにきたのかなんてきかれたら、答えようがないと思い直しました。……伊浦の死が納得できなくて、いつも胸にもやもやを抱えていましたので、友だちに、伊浦がやっていたことを正直に話して、桑畑という人のことを疑っているといいました。わたしの話をきいた友だちは、『その人に会って、伊浦を海に突き落としたんでしょ、なんていえないでしょ』っていわれました。友だちは知り合いの弁護士を紹介するので、その人に話してみたらといいました」

克子はまた何日か考えたあと、友だちが教えてくれた弁護士に会うことにして電話を掛けた。

弁護士は、話をきくので事務所へきてもらいたいといった。

克子は弁護士の事務所を訪ねることにした。そこは東京駅に近い丸の内の大きいビルだった。そのビルを見上げただけで、克子の足はすくんだ。

事務所には何人もの男女がいた。電話で相手といい合いをしている人もいた。克子が会いに行った人はその事務所では若手だと分かった。

克子は、夫の伊浦が桑畑松市という男の行動を疑って、調べており、アジサイを撮りに行った龍飛崎で偶然に桑畑に会った。そこで、なぜたびたび龍飛崎へきているのかを桑畑にきいた。その直後に伊浦は断崖から転落している。二人が話している姿を見た観光客がいた、と話した。

腕組みをして克子の話をきいていた弁護士から、『ご主人は事件に遭った。その加害者は桑畑という男らしいといいたいのでしょうが、事件性が疑われるのなら警察に相談してみることです。しかし、伊浦さんが転落する直前に桑畑という人と会っていたという証拠がない。たとえば伊浦さんのからだのどこかに、刃物で刺されたような傷でもあれば、二人が争った末、転落したという見方ができ、かねて行動を観察されていた桑畑が怪しいということになる。――伊浦さんがかねてから疑いを持って桑畑という男の行動を見ていたとしたら、その動機も怪しい。大手企業の役員の桑畑を、脅すつもりだったのではと受け取られる可能性もある』といわれ、彼女は戦意を喪失してしまった、と語った。

「ですので、わたしはもう伊浦の亡くなりかたを疑ったり、そのことを人に話さないことにしていました」

伊浦靜人は、克子の夢のなかへあらわれて、『おれは悔しい』と叫ぶ夜があるのではないだろうか。

第五章　長崎の鐘

1

　シマオは、椅子に腰掛けている小仏の足のあいだへ入って、うずくまっている。

　山谷という男を案内して天橋立へ行っているエミコが電話をよこした。彼女はどこにいても事務所のことが気になるらしい。

「そっちの天気は、どうだ」

　小仏がきいた。

「いいお天気です。宮津へ着く前に列車のなかで、わたしは山谷さんに伊根《いね》町の話をしました」

「伊根の舟屋《ふなや》が有名だが」

「わたしは行ったことがないけど、写真で見て、一度は行ってみたいところですと話しました。そうしたら山谷さんは、天橋立見物はあしたにして、伊根へ行こうっていったんです」

「それで伊根の舟屋を見に行ったんだな」

「はい。遊覧船に乗って、海から湾を縁どるように並んでいる約二百三十軒の舟屋を眺めました。その風景は江戸時代からあまり変わっていないって教えられました。当たり前ですけど、写真より迫力があったし、とても静かで、人が住んでいるようには見えませんでした」

小仏も、時間の余裕があったら行ってみたい場所だった。

「海を向いて並んでいる舟屋を見て、山谷さんはなんていった」

「まるで時代劇を観《み》ているようだといいました。不思議な風景に出会ったように、写真を撮るのも忘れて、じっと眺めていました。山谷さんは伊根の舟屋の存在を知らなかったそうで、思いがけないところを見せてもらったと、よろこんでくださいました」

山谷は、あしたは天橋立を見物して城崎へ移動する予定だが、伊根の舟屋を見たから、もっと旅行を楽しもうという気になるのではないか。

「これからカニを食べるんだな」

「そうです。最初は生で、次は焼いて、最後は鍋です」

小仏はエミコの電話をききながらイソの顔に目を向けた。イソは不機嫌な顔をしてガムを嚙んでいた。

シタジはあした、品川区に住んでいる八十代の夫婦のお供をして、京都で東寺《とうじ》と呼ばれている教王護国寺《きょうおうごこくじ》に参る。そのあと、高野山《こうやさん》へ行き、宿坊に宿泊。翌日、金剛峯寺《こんごうぶじ》を参詣して、杉木立ちの奥之院の墓碑などに拝礼。京都へもどってホテルに宿泊して帰京するという予定の旅行をするので、一足先にといって帰った。

「いいな。エミコもシタジも、毎日、旨いものを食えるんだろうな」

イソは、小仏と一緒に行動しているのが不満だといっているようだった。青森の津軽漁り火で、生きていそうなホタテやエビを食べ、辛口の旨い酒に酔ったことを忘れてしまったようだ。

小仏は眉《まゆ》の薄いイソの顔をにらんでいた。いや、ぼんやりと見ていたのだ。頭には、桑畑松市と大杉昌比古がなぜ殺されたのかという思いがこびり付いている。二人が殺されることになった原因をつかむ依頼を小仏は受けているのだった。だから北のはずれの龍飛崎へ何度も足を運んでいる。だが、二人が殺害されるにいたった原因のようなものに近づいている実感はなかった。

イソの顔をぼんやり見ているうちに、耳の後ろから津軽三味線が鳴り出した。歌声もきこえた。記憶の残像だ。こうなるとなにを考えてもまとまらない。

「イソよ。おまえはどこかへ消えろ。ライアンへでもいって、苦い酒でも飲んでろ」

「なんだよ、急に、おれを追い出すようなことをいって」

「おまえの不景気な面《つら》を見てると、まとまりかけた考えも、すうっとどっかへ消えていきそうなんだ」

イソは、風を起こすように立ち上がった。小仏の足元で目を瞑っていたシマオがひと跳ねすると、餌のある炊事場のほうへ消えていった。

イソは、上着を肩に掛けると一瞬、小仏の顔をにらんで、ものをいわずに事務所を出ていった。

小仏は、今夜は天橋立近くのホテルに泊まるエミコに電話した。

「食事はすんだか」

「三十分ぐらい前にすみました」

「カニは、旨かったか」

「カニ三昧《ざんまい》でした。日本海のお魚もおいしかった」

彼女はもう一度、大風呂へ行こうとしていたところだといった。

「おれはふと、おまえが桑畑さんを、長崎へお供したときのことを思い出したんだ」

「長崎。なんでしたか」

「如己堂へいったときの桑畑さんだ。如己堂の前で桑畑さんは、まるでだれかに向かって謝罪でもしているようだったって、いったじゃないか」

「そうでした。手を合わせたり、何度もおじぎをされていました」

「如己堂に対して、手を合わせたり、何度も……」

「如己堂に対してだと思っていましたけど、ちがうのでしょうか」

「なんとなく不自然じゃないか」

「そういわれれば不自然のような……」

「おれは、だれかに向かって謝っていたような気がするんだ」

「如己堂の前で、だれかにですか」

エミコは電話の向こうで首をかしげているようだった。

桑畑の希望でエミコは西坂公園の日本二十六聖人の像を見学したが、そこでの桑畑のようすはどうだったかをきいた。桑畑は像の端から端まで見ていたが、如己堂の前に立ったときのようなことはしなかったという。

小仏は、もう少し考えてみるといって電話を切った。


小仏は夕食を摂《と》りに近所の小料理屋のかめ家へ入った。

時間が遅いせいかカウンターに客が一人いるだけだった。客は小仏事務所が入っているビルのオーナーの栗原《くりはら》だった。栗原はおでんを肴《さかな》に自分でビールを注《つ》いで飲んでいた。その彼の横へ小仏は腰掛けた。小仏もビールをもらった。

「小仏さんが独りとは珍しい。ほかの人たちは……」

栗原は赤い顔を向けた。

「お陰で仕事があって、遠方へ行ってます」

小仏もおでんを頼んで、焼きおにぎりを注文すると栗原のグラスにビールを注いだ。

「浮かない顔をしてるけど、エミコちゃんに辞められちゃったんじゃないの」

栗原は小仏と会うたびにエミコのことをほめて話す。

「いや、旅行中なんです」

「旅行。仕事じゃないの」

小仏は正直に、「人生を閉じる前に」のチラシを配ったことと、それを見て、人生の幕引き前に行きたいところへ同伴する仕事もやっているのだと話した。

「へぇー。行きたいところへ連れてってという人は、独り者なの」

「夫婦の場合もあります。年配の人たちですから、付添いがいないと不安なんです。……栗原さんには、国内で行ってみたいところはないいんですか」

「おれは六十代だよ。人生を閉じる前になんてことを、考えたことはない」

「ききかたが悪かった。じゃあ、時間に余裕ができたら、行ってみたいところは」

「北海道の東海岸」

「知床《しれとこ》ですか」

「いや、根室《ねむろ》の北。風連湖《ふうれんこ》とか野付湾《のつけ》とか」

「根室湾と根室海峡ですね。なぜそこへ」

「写真で見たんだが、地球が枯れてしまったように見える場所があるらしい。小仏さんは行ったことがあるの」

「根室へ行ったことはありますけど、その先は知りません。栗原さんは、クジラの跳躍のような活《い》き活きした風景より、地球が枯れていくような、寂しげなところを見たいんですね」

「そう。自分の行動範囲を見渡しても、涸《か》れて朽ちて、海なのに水が無いような風景って、ないじゃないか」

小仏は、ライアンで一杯やらないかと栗原を誘った。

栗原は、行こうとうなずいたが、

「この前、ライアンへ行ったら、イソさんが、カウンターの隅でいびきをかいていた」

と、笑った。

「みっともないねえ。あいつ、あの店で飲むと眠くなるらしい」

「小仏さんが、いいように使ってるから、イソさん、疲れてるんじゃないの」

階段を上るとライアンからの歌声が洩《も》れてきた。一瞬、うたっているのはイソではないかと思った。

「いらっしゃいませ」

ママとキンコと、週に二日だけ出勤するイイ子が声をそろえた。

椅子から立ち上がってうたっているのは、イソではなかった。なぜか小仏はほっとした。が、薄暗いカウンターの奥に衣服を脱ぎ捨てたような盛り上がりが見えた。近寄るとイソが眠っているのだった。彼は両腕を伸ばしてカウンターの内側へだらりと垂らしている。小仏が警察官のころ扱った溺死体《できしたい》に似ていた。小仏はイソが腰掛けている丸椅子を揺すった。椅子は音を立てて三分の一ほど回転した。腰をひねった格好のイソは椅子からずり落ちた。なにが起こったのか分からずにいるイソの耳元に小仏は、「早く帰れ」とささやいた。

2

翌朝、ベッドのなかで思いついたことがあった。桑畑松市の過去をさぐってみたくなったのだ。

朝食のパンを二《ふ》た切れ食べて、コーヒーを淹《い》れているところへイソが出勤した。いつもより十分ばかり早い。

小仏がちらりとイソの顔を見ると、彼は腰に手をあてて、

「腰の痛さで、けさ早く目が覚めた」

といって、椅子にそっと腰掛けた。

小仏は、白いカップに注いだコーヒーをイソの前へ黙って置いた。

「なんだよ。おれの分まで。なんか気味が悪いんだけど」

小仏はシマオの頭を撫でてから、外出の服装をととのえた。

「虎ノ門のパスコニアクラブへ行ってくる」

イソは腰に手をあてて、「行ってらっしゃい」と下を向いていった。

パスコニアクラブの秘書課では、小仏が桑畑と大杉昌比古の事件を調べているのを知っている。きょうの小仏は、二十年ほど前の桑畑を知っていそうな人に会いたいといった。

応対に出た若い女性社員は、中年女性の席へ行って小仏のいったことを伝えていた。

メガネを掛けた中年女性は小仏の前へやってきて、

「二十年前は水崎《みずさき》という者が、桑畑さんの秘書をつとめていました。水崎はただいま入院中ですが……」

といったが、容態をきいてみるといって、電話を掛けた。背中を向けて話していた

が、

「お大事に」

といって電話を切った。

「水崎には会えるそうです」

入院先は飯田橋の神田川大学病院。水崎正文《まさふみ》は五十六歳だと彼女は事務的な答えかたをした。


水崎正文は大学病院の十五階の個室に入っていた。バス、トイレだけでなく小ぶりの応接セットのある病室だった。痩せて蒼白《あおじろ》い顔の彼は実年齢より老けて見えた。胃の一部を切除する手術を受けたが、その後の経過がよくないために再入院したのだと白い髪に手をやった。

彼は二十三年前から約六年のあいだ、桑畑の秘書をつとめていたといった。

「桑畑さんは手のかからない方でした。私が桑畑専務の出勤を車で迎えに行くといいましたら、運動のために電車で行くといわれました。もっとも出勤は午前十時ごろでしたので、大混雑の電車出勤ではありません。桑畑さんは健康管理をおこたらない方で、週のうち二回はジムへ通い、ゴルフの練習にも行っていましたし、年に二回は大学病院での健康診断も受けていました。夜のお付合いもちょくちょくありましたけど、次の日はいつもどおり出勤なさっていました」

水崎は痛むところがあるのか、ときどき目を瞑った。

「二十年ほど前ですが、桑畑さんは青森県の龍飛崎へ旅行されました。憶えていらっしゃいますか」

「青森へ旅行するといったので、奥さまとご一緒ですかと私はよけいなことをききました。すると桑畑さんは、独りだと答えたような気がします。三日間休む予定でしたけど、たしか四日、いや五日でしたか、珍しくつづけてお休みになって、旅行先から、体調を崩したというような電話をくださったことがあったのを憶えています」

「青森のどこへ行ってきたかを、おききになりましたか」

「旅行のあとは、よく現地の風景や食べ物の話をされましたが、青森へ行ったといったときは現地でのことを話してはくれませんでした」

「旅行中に、なにかあったのではありませんか」

「そうだと思います。その旅行のあとはなんとなく元気がないようでしたし、窓の外をぼんやり眺めているような日がありました」

「体調がよくなかったんでしょうか」

「そうかもしれませんが、それまでとはようすがちがっていて、話し掛けても返事をしないこともありました」

「その変化について、水崎さんは桑畑さんに、どうしたのかをおききになりましたか」

「何度かきいたことがあったような気がします。そのたびに、『なんでもない』といわれました」

水崎は目を瞑るとなにかを思い出そうとしてか、額に手をあてた。

看護師が入ってきて、患者の顔をじっと見てから出ていった。

「じつは、そのころ……」

水崎はいいかけて咳《せき》をした。咳をすると手術の箇所《かしょ》が痛むらしかった。

「桑畑さんはお亡くなりになったので、お話しします」

水崎は腹を手でそっと押した。

小仏はうなずいた。

「銀座にイングランドという洋服店がありました。オーダーメイドの店です」

「いまもあります」

「そうでした。昭和の初期からつづいている店です。そこに門倉《かどくら》さんという女性が勤めていました。桑畑さんは、その門倉さんとお付合いされていたんです」

「門倉さんは、何歳ぐらいだったんですか」

「四十歳ぐらいではなかったでしょうか。色気のあるきれいな人でした」

「水崎さんは門倉さんにお会いになったことがあるんですね」

「赤坂のパレスビルの最上階に、アカロアというレストランがあります。その店で桑畑さんと門倉さんが食事しているところを二度ほど、見掛けたことがあるんです」

「門倉さんは四十歳見当だったというと、主婦だったんでしょうか」

「そうだったかもしれません。私は桑畑さんのお供でイングランドへは何度も行きました。そこで接客中の門倉さんを見ていたんです。アカロアで門倉さんと向かい合って食事をしている桑畑さんを見て、二人は親しくしているんだなと感じたものです」

「水崎さんは桑畑さんに、門倉さんとの関係についておききになったことがありましたか」

「いいえ、きいたことはありません。いくら秘書でも男女関係についてなど、きくことはできません。レストランで親しそうに食事をなさっているのを見掛けてからは、桑畑さんのようすや行動に、それまで以上に気を遣うようにはしていました」

水崎は、片方の手を下腹にあてて天井を仰いだ。

「桑畑さんが門倉さんとお付合いしていたのは、どのぐらいの期間だったか、憶えていらっしゃいますか」

「そう長くはなかったような気がします」

「といいますと……」

「桑畑さんは、イングランドへ洋服を誂《あつら》えるだけでなく、ワイシャツもネクタイも買っていました。ですからちょくちょく行っていたんです。ところがあるときから、イングランドへはぴたりと行かなくなりました」

「あるときというのは、いつのことでしょうか」

小仏は、水崎の蒼白い痩せた顔に注目した。自分がきわめて大事なことをきいているという実感があった。

「青森へ行って、何日間か帰ってこなかった。帰ってきていたが、出勤しなかったのかもしれません。そして、出勤しても、なんとなく元気がありませんでした。門倉さんと別れたのはそのころではなかったでしょうか。門倉さんと別れたので、元気を失《な》くしているなんてことを私は想像しませんでした」

「桑畑さんになにか変わったことがあったのでしょうが、門倉さんは、それまでどおり、イングランドに勤めていましたか」

「さあ、どうだったでしょうか。イングランドへは桑畑さんが行かなくなったので、その後の私は店をのぞいたことがありません」

小仏は水崎と話しているうち、銀座のイングランドを訪ねることを思い立った。お疲れのところを申し訳なかったといって、椅子を立った。

「いいえ。人と話していると手術箇所の痛みを忘れることができます。……それにしても当社の相談役の二人が、殺されたなんて……」

水崎は首を横に振った。

「水崎さんは、大杉さんの身辺についての情報をお持ちですか」

「まったく知りません。元警視庁においでになった方ということしか。桑畑さんから大杉さんに関する話をきいた記憶もありませんので、お二人が親しかったことも知りませんでした」

また看護師が入ってきた。小仏は、長居は禁物といわれたような気がした。

3

老舗洋服店のイングランドは銀座七丁目の外堀通の角にあった。小仏は、紳士服が飾られているウインドーを何度も見たことがあるが、店のなかへ入ったことはなかった。ここは主に紳士服の注文を受けているが、婦人服も扱っているようだ。

四十代に見える女性が、

「いらっしゃいませ」

と白い歯を見せて、洋服生地を並べたガラスケース越しに腰を折った。かつて門倉という女性も、ガラスケース越しに客を迎えていたのではないか。小仏が着ているスーツは上等とはいえない既製品だ。女性店員は小仏を、洋服を誂えにきた客ではないと見抜いたことだろう。

店の奥からは話し声がきこえた。背の低い太った男が、男の店員に寸法を採られているのだった。笑い声もした。客が冗談でもいっているらしい。

小仏は女性店員に近づいて、小さい声で、

「以前、ここには門倉さんという女性が勤めていた。その人についてききたいことがあるんです」

といった。

「門倉さん……」

女性は首をかしげるとくるりと背中を向けて店の奥へ消えた。

五、六分すると出てきて、「どうぞこちらへ」と招いた。

ガラスケースを大きくしたような応接室があった。壁には荒波にもまれているヨットの絵が飾られていた。

色白のメガネを掛けた五十代の男が出てきた。名刺の肩書きは「銀座店店長」だった。この洋服店の本店は神戸だということを初めて知った。

小仏は、門倉という女性が勤めていたはずだがときいた。

「いました。門倉眉《まゆ》という名です。採寸や仮縫いに立ち会っていましたが、二十年ほど前、急に出勤しなくなりました」

色白の店長はまばたいた。

「急に……。なにがあったんでしょう」

店長は考え顔をしていたが、

「いや、そうではなかった。たしか二日間休暇をとっていたんです。どうしたのかそれきり出勤しなくなったんでした」

「自宅へ連絡なさったでしょうね」

「しました。電話を掛けたけど応答がなかったので、夜になってから掛け直しました」

店長はそういってから首をかしげた。当時のことを思い出そうとしているようだ。

「そうそう。思い出しました。夜になってから自宅へ電話したら、彼女の夫が出て、家内はここを出ていったといったんです。出ていったとは穏やかでないので事情をきいたところ、夫婦のあいだで揉《も》めごとが起こって、口論になった末に、彼女が出ていったというようなことを夫は話したのでした。彼女は何か月も前に家を出ていったようでした。当店では、何日間も無断欠勤をつづけたので、解雇扱いにしたのでした」

「門倉眉さんには子どもはいなかったんですか」

「たしか、男の子が一人いるときいたような憶えがあります」

夫と子どもの住所をきいた。つまり眉が店に届けていた住所である。

店長は調べてくるといって応接室を出ていったが、メモを持ってすぐにもどってきた。届けられていた住所は世田谷区池尻《いけじり》。夫は門倉洋祐《ようすけ》、子どもは長男・高直《たかなお》。眉の出身地は長崎市だと分かった。彼女は約十年間、イングランド銀座店に勤務していて、解雇された二十年前は三十九歳だった。

「私は門倉君を憶えていますが、仕事熱心でしたし、無断欠勤をつづけるような無責任な人ではないと思っていました。ですから、なにか深い事情があったんだろうと想像したものです。小仏さんは、彼女の居所をさがしていらっしゃるんですか」

店長はメガネを光らせた。

「無事でいるなら、会ってききたいことがあるんです」

「無事でないとすると……」

店長は首を前へ出した。

「亡くなったんじゃないでしょうか」

「夫と子どもを置いて、出ていった。亡くなったのだとしたら、自殺でしょうか」

それは分からない、と小仏はいって立ち上がった。

イングランドの記録にあった門倉眉の住所はすぐに分かった。世田谷区池尻である。

同じような造りの家が建ち並んでいる住宅街の一角で、外壁が変色した木造二階建ての玄関の柱には［門倉］の表札が出ていた。二階の窓辺を仰いだが洗濯物は干していなかった。

小仏はその玄関をカメラに収めてから、インターホンのボタンを押した。二回押してみたが応答はなかった。

隣家の前へ自転車がとまり、主婦らしい女性が、「門倉さんは、昼間はいらっしゃいませんよ」といった。それではと小仏は主婦に近寄った。主婦は自転車を灰色の乗用車がフロントを見せているガレージに入れた。

門倉家のことでききたいのだというと、主婦は小仏を玄関のなかへ招いた。なんとなく他家のことを語りたいタイプのようだ。

門倉家はここに何年ぐらい住んでいるのかときくと、三十年ぐらいになるといった。

「門倉さんのご実家がここの近くなんです。洋祐さんは三男だということですよ」

主婦は門倉洋祐の名を正確に知っていた。どうやら主婦は門倉の実家とも付合いがあるらしい。

主婦は小仏の名刺をあらためて見てから、門倉家のなにを知りたいのかときいた。

「洋祐さんの奥さんのことです」

「そうじゃないかと思いました。いまごろになって、なぜ奥さんのことを……」

六十代と思われる主婦は瞳を輝かせた。

「洋祐さんの奥さんは、ずっと前にここを出ていったときいています。その後、どこに住んでいるのかを知りたいんです」

「もう二十年以上になると思いますが、奥さんは一人息子の高直さんを置いて、家を出ていったんです。詳しいことは分かりませんが、洋祐さんに追い出されたようです。眉さんという名で器量もスタイルもいい人でした。ここを出ていってしばらく経ってから、必要な物でも取りにきたのだと思いますが、そのときわたしは彼女を呼びとめて、どうしたのかをききました。そうしたら眉さんは、『わたしに至らないところがあるので、主人から出ていけっていわれたんです』と下を向いて恥ずかしそうにいいました。そのときは友だちのところにいるようなことをいっていましたが、それがどこかは知りません。眉さんに会ったのはそれが最後でした。……それから何か月か経ってからです。眉さんの友だちだという女性が訪ねてきました。眉さんと同い歳ぐらいの背の高い人でした。その人は、『眉さんは門倉さんに追い出されて、わたしのところへ転がり込んできたんです。しばらくわたしのところから勤め先へ通っていましたが、自分で住むアパートを見つけて出ていきました。アパートに移って二、三か月経って、旅行に出掛けたらしいけど、帰ってこなくなった』といいました。その女性は、ひょっとしたら眉さんが、門倉さんのところへもどっているんじゃないかと思って、ようすを見にきたようでした」

「そのあとその女性は……」

　小仏はノートにペンを走らせた。

「きません。一度きただけでした」

　小仏は、眉が住んでいたというアパートはどこだったかをきくと、主婦は頰《ほお》に手をあてて、考え顔をした。数分のあいだ首をかしげていたが、訪ねてきた女性の電話番号をきいたといって膝を打った。

　主婦は大事なことはこれに書いてあると、キャンパスノートを持ってきた。

「ありました、ありました。これです」

　主婦は開いたノートを小仏に向けた。少し大きい字で、［緑川淳子《みどりかわじゅんこ》　練馬区石神井《しゃくじい》台《だい》　電話三九二八－〇〇〇〇］とあった。小仏は素早くそれをノートに書き取った。

　小仏は、眉が産んだ男の子について主婦に尋ねた。

「高直さんという息子です。おとなしくて、いつも下を向いているような人です。勉強のできる人だったらしくて、工業大学に入ったのに、二年ぐらいで中退してしまったんです。そのあとは会社員になったらしくて、スーツを着て通勤していましたけど、途中からジャンパー姿で自転車に乗って出掛けたりするようになりました。それを見てわたしは、仕事を変えたのだと思いました」

高直は、二十七、八歳のときに結婚した。

「色白で肉づきのいい可愛《かわい》い顔のお嫁さんでしたけど、二年ぐらいで離婚したのか、いなくなりました。結婚したときは、うちへ挨拶にきましたけど、出ていったときはなんの知らせもありませんでした」

「では、現在は、洋祐さんと高直さんの二人暮らしなんですね」

「そうです。どういう関係の人か知りませんけど、月に一度ぐらい女の人がきて掃除や片付けなんかをしています。つい先日もその女性がきて、ゴミの袋をいくつも外へ出していました」

「何歳ぐらいの女性ですか」

「三十歳ぐらいに見えます。黒いシャツに細いジーパンを穿《は》いて、自転車で買い物にも行っています」

「一日だけ家事をしてもらっているんでしょうか」

「いいえ。その人は夕飯を一緒に食べて、夜の九時か十時ごろ……。あ、思い出しました。門倉さん父子と一緒にお酒を飲むらしくて、酔って足をふらつかせて帰っていくのを見たことがあります。どうやら歩いて帰れるところに住んでいる人のようです」

小仏は、洋祐の職業をきいた。

「羽田の精密機械の部品をつくっている会社に勤めているようです。学校を出てからずっと同じ会社に勤めているようですから、いまは重役なのかもしれませんね」

顔を合わせると、無表情で頭を下げ、よけいなことを言わない人だと主婦はいった。

「隣同士ですけど、わたしは洋祐さんとゆっくり話したことがありませんし、なにか頼まれごとをした憶えもないんです。眉さんが出ていったときも、洋祐さんはなにもいいませんでした。……わたしは弘前《ひろさき》の生まれです。実家と親戚から毎年リンゴが送られてきます。それを両隣のお宅にお裾《すそ》分《わ》けしています。毎年、門倉さんにも十個ばかりを差し上げています。洋祐さんは、ありがとうと受け取ってくれますし、高直さんに差し上げると、洋祐さんがうちへお礼をいいにおいでになります」

主婦は笑いながらノートを伏せた。

主婦は高直とも親しく話をしたことはないようだ。眉が家を出ていったとき高直は中学生だった。その高直のことが気になってか、洋祐の実家から彼の母がしょっちゅう訪れて、家事をやっていたという。母親に置き去りにされた孫が不憫《ふびん》でならなかったのではないか。

4

小仏は、練馬区石神井台の緑川淳子へ電話した。呼び出し音が七回鳴ってから、「はい」と小さい声が応えた。

「私は、探偵事務所をやっている小仏太郎と申します。緑川さんは、門倉眉さんを憶えていらっしゃいますか」

「一日たりとも忘れたことはありません。眉のことを探偵事務所の方が……」

小仏は門倉眉についてききたいことがあるので会いたいのだと告げた。

「会えますよ。どこへ行ったらよろしいですか」

淳子の声は少し大きくなった。

小仏は、よろしければ自宅を訪ねるといった。

「そうですか。西武新宿線の武蔵関《むさしせき》から十分ぐらいのところです。お待ちしております」

淳子は歯切れのいい声になった。門倉眉の名を何年ぶりかできいたからだろうか。

緑川淳子の家は小学校の近くだった。下校中の何人かの生徒に出会った。重たそうな布袋を提げている女の子にも会った。

　長身の淳子は木製の門へ茶色の小型犬を抱いて出てきた。そろそろ六十歳になろうと思われる彼女は、久しぶりに門倉眉のことを話せると思ったからか、微笑していた。

　彼女は小仏の名刺を受け取ると洋間へ通した。壁の半分が書架になっていて本がぎっしり並んでいた。小説が好きらしく、ベストセラーになった本が何冊も挿してあった。書架の横の台には水色の花瓶にバラの花が活けられていた。

　彼女は用意してあったらしい紅茶を出した。白の地にブルーの唐草模様のカップは上等な物だった。

　彼女は犬になにかいうと膝をそろえた。犬は彼女の足元にうずくまった。

「眉とわたしは長崎の生まれです。眉の姓は唐木田《からきだ》で、高校在学中にわたしたちは親しくなりました。わたしは中学のときから小説が好きになって、高校生になってからも、ほとんど毎日、本を読んでいました。わたしとちがって眉は勉強のできる子でした。英語が得意で、会話もできて、長崎へやってきた外国人にも話し掛けていました。二人とも短大を出て、眉は東京のたしか製薬会社に就職しました。ところが男の社員からいい寄られるのが嫌だといって、一年ぐらいでその会社を辞めて、洋服店のイングランドへ勤めることにしたんです。……わたしは長崎の造船所に勤めていましたけど、東京へ行きたくなって、眉に手紙を書いたり、電話して、いい就職先はないかしらって頼んだりしていました。そのうち眉が新聞を送ってくれました。求人募集の広告がたくさん出ている新聞で、眉はよさそうな広告に赤い丸を付けてくれました。そのなかからよさそうな会社へ電話して、長崎から上京したいのですが、ってききました」

「それはどんな業種でしたか」

小仏は、香りのいい紅茶を一口飲んだ。

「カメラを扱う会社です」

「普通のカメラ店ではないんですね」

「プロのカメラマンに機材を貸し出している会社です。一度か二度しか使わないのに、何十万円もの機材を買う必要がないので、一時借りる方が何人もいるんです」

「その会社に採用されたんですね」

「長崎から出てくるので、わたしは慎重に条件なんかを問い合わせて、勤めることを決めました。アパートも用意してもらいました」

その会社の事務所は港区新橋で、品川に倉庫があった。淳子はその倉庫に配属された。倉庫の棚には、寒冷地用のカメラや水中や深海での撮影に用いるカメラやライトなどが、ぎっしりと並んでいて、その撮影機材の扱い方の説明をききにきている人たちがいた。カメラを設計し、つくっている会社の社員が訪れることもあった。

淳子の担当は貸し出し記録をつけることだった。新しい機材が入ると、それの試験にも立ち会った。

「わたしは、社長の長男に気に入られて、入社六年目に結婚することになりました。結婚式の一か月前まで会社に勤めていましたけど、家庭を持つ準備のために退職したんです」

「ではご主人は、そのカメラの会社に……」

「いまは専務をしています。主人は、何日間かをかけて撮影するクルーの一員として、参加することもあります」

「NHKがテレビで、高山の登降や、深海撮影のもようを放送することがありますが」

「それです。主人は、アフリカやオーストラリアの野生動物の撮影にも参加しています」

淳子には娘が二人いる。二人とも家庭を持って区内に住んでいるといった。

淳子は、自分のことばかり話していて、と胸に手をあてて謝った。

「眉さんは、門倉さんから、家を出ていけといわれたということですが、その理由をご存じですか」

小仏は、胸を押さえた淳子の白い手を見てきいた。

「不倫がバレたんです。そんなことをするような女じゃないと思っていたので、彼女から打ち明け話をきいてびっくりしました。相手の男性は、門倉さんよりいくつも歳上ということでした。昔の人は、『女が浮気をしたら家庭は壊れる』といいましたけど、まさにそのとおりで、門倉さんは眉の話をきくと、話をきいたというよりも、彼女の行動を疑ったので、追及したのでしょうね。……親しくなった男性がいることが分かると、門倉さんは即座に、『出ていけ』といったそうです」

「中学生の息子さんがいましたが」

「子どもは寝ていたそうです。出ていけといわれて、彼女が立ち上がって、子どもの部屋のほうを向いていたら、『穢《けが》らわしい。子どもに会うな』と、口ぎたなくいわれたので、涙をこらえて家を飛び出したといっていました」

門倉家を飛び出した眉は、淳子に助けを求めるように電話した。夜の十時すぎだったという。淳子は、タクシーでくるようにといった。

タクシーでやってきた眉は、淳子に抱きかかえられて部屋へ入った。が、一時間ぐらいは胸を押さえて口を利かなかった。

『お酒があったら、ちょうだい。酔えば眠くなるから』

眉は目を真っ赤にしていった。

淳子はウイスキーのハイボールをつくって出した。眉はウイスキーを注ぎ足して二、四杯飲んだ。なにも喋《しゃべ》らず、うとうととしていたが酔いがまわってきて、ソファに倒れた。

門倉家でなにがあったのかをきいたのは、次の日の昼すぎだった。『あんたが、ほかの男の人と……』淳子は開いた口がふさがらなかった。

相手はどういう人か、と淳子はきいた。

『わりに大きな会社の専務。イングランドのお得意さまなの』

その男性は、有名なレストランや横浜の中華街の店へも連れていってくれた、といった。

その人とは、これからどうするのかときいたところ、これまでどおりの間柄でいたいと、眉は少し恥ずかしそうに答えた。

門倉家を追い出されたことを、その人に話すのかときくと、『話すつもり』と眉はいった。眉はイングランドを一日休んだだけで、淳子の家から通勤した。

淳子は夫に、眉がどうして転がり込んできたのかを話した。『眉さんがね』夫はそれまで眉とは何度も会っていたので、意外だという顔をしたが、『彼女はきれいだから、男性に惚《ほ》れられたんだね』とつぶやいた。

眉は淳子の家に十日ばかりいてから、アパートを見つけて出ていった。門倉の家にどうしても必要な物があるのでといって、一度だけもどったが、『子どもに会わずに帰ってきた』と、淳子にいって、唇を噛んだという。

淳子と眉はたびたび電話をし合っていた。眉は自分が罪ぶかいことをした女であるのを自覚しているようだったし、一人息子を置き去りにしたことを悔いていた。子どもには、『会いたい』と、血を吐くようないいかたをしたこともあった。

眉が門倉の家を追い出されて何か月か経ったある日、彼女は電話で、『あしたから旅行をするの』といったので、どこへいくのかを淳子はきいた。『青森なの。ずっと前から行ってみたいって思っていたの』と答えた。

淳子は、『気をつけてね』といわず、『いいわね』といったような気がする。旅行は付合っている男性と一緒だろうと想像しただけで、青森県のどこへ、なにを見にいくのかなどをきかなかった。

それから一週間か十日がすぎた。青森への旅行はどうだったかをきくつもりで、淳子はそれまでのように眉に電話した。いつも、『はあい』と応えていた眉の電話は通じなかった。次の日にも掛けたが、ツーという音が鳴るだけだった。その次の日にも掛けたがやはり妙な音がするだけで、その音もやがて鳴らなくなった。

淳子は電話局へ問い合わせてみた。回答があって、電源が切られていることが分かった。

淳子は異変を感じたので、眉のアパートへ行った。ドアは施錠されていたし、呼んでみたが応答がなかった。そこで銀座のイングランドへ電話した。

　すると店長が応じて、『門倉は二日間休暇を取りましたが、その後、出勤しません。電話をしたが電源が切られていて通じない。それで事故にでも遭ったのではと考え、世田谷区池尻の自宅へ電話しました。すると彼女は、何か月も前に家を出ていき、どこに住んでいるかもわからないといわれ、びっくりしました』といった。事故に遭っているのかもしれないので、警察に届けたほうがよいのではと、眉の夫と名乗った人にいうと、『私どもはもう何か月も前から眉にはかかわらないことにしていますので、警察への相談はそちらでどうぞ』といわれ、店長は開いた口がふさがらなかった。

　淳子は、眉の消息が分からなくなったことを夫に話した。すると夫は、『事故か事件に巻き込まれたにちがいないが、眉さんは夫と子どもを裏切った人だ。わが家は堅実な暮らしを望んでいるのだから、波風が立ちそうな眉さんのことには、深入りしないように』と釘《くぎ》を刺された。それでくる日もくる日も眉から連絡があることを祈っていた。

　長崎の唐木田家へも電話し、眉とは何日も音信が絶えていることを話した。
　二、三日後に、長崎の実家にいる眉の兄がやってきた。眉が住んでいたアパートの部屋を見たのである。『青森へ旅行する』といった眉だったが、青森のどこへ行ったのかが分かるものは部屋からは見つからなかった。

淳子は、『友だちなのに、眉の気持ちがよく分からなくなっていました。困ったときの相談にも十分といえる助言ができず、申し訳ありません』と、兄に謝った。

兄は一か月後にふたたびやってきて、眉が住んでいたアパートの部屋を整理した。眉は生きていない、とみたにちがいなかった。

長崎へ帰った兄から手紙が届いた。それには、長いあいだ世話になったことと、眉がどこかの土地で暮らしているとは思えない、と書いてあった。

小仏は、眉の実家が長崎のどこかをきいた。それは長崎市内の上野町《うえのまち》だと教えられた。

5

小仏はイソを伴って長崎へ飛んだ。イソは乗り物好きだが、列車より飛行機が好きで、窓に額を押しつけて変わりゆく景色をじっと見ている。晴れている日は、地形や海や山や湖を真上から見下ろすことができるが、雲のなかへもぐり込んでしまうと暗闇のなかにいるのと同じだ。

「あ、海だ。島がある」

イソは小さく叫んでいたが、小仏は眠っているふりを決めていた。

長崎空港は巨大な大村湾へ突き出している浮き島だ。大村湾の沿岸の地形は変化に富んでいる。小島がいくつもある。着陸直前には山をちらりと見せる。

「お昼はなにを食べましょうか、所長」

飛行機はなにごともなく着陸し、ゲートに近づいた。

「なにも食いたくない」

「なんちゅうことをいうの。旅に出たら、まずその土地の食べ物」

「なにかを食べに長崎へきたんじゃない。それに、出発前に羽田で朝メシを食ったじゃないか」

「トーストにコーヒーだけだったじゃない」

「だけとはなんだ。なにが不足だったんだ」

「朝はやっぱり、白いメシに……」

周りの乗客が席を立ちはじめた。日本人の悪い癖で、ドアが開く前に席を立って通路に並ぶ。いつも思うことだが、全員がなんとなくせかせかしている。

空港の脇でレンタカーを調達した。

小仏たちが長崎へきた目的は、上野町の唐木田家を訪ねることだ。眉がなぜ姿を消して行方不明のままなのか。実家の家族にはなにかの知らせでもあったのではないかなどをきくためである。

眉の兄進一《しんいち》は自宅の近くで製麺《せいめん》所を経営していることを、小仏は緑川淳子にきいていた。

空港から約三十分走ったところで、イソは車をとめ、ナビゲーターで上野町を検索した。アンジェラス通りが出て上野公園があった。その道路はサントス通りと交差して浦上天主堂下にいたることが分かった。

「サントス通り……」

小仏はつぶやいてナビゲーターの画面に目を近づけた。長崎市永井隆記念館があって、その横に如己堂の小さい文字を見つけ、

「如己堂か」

と、叫んだ。

「どうしたの」

イソは無精髭が目立ちはじめた頬を撫でた。

「おまえ、エミコの話を思い出さないのか」

「エミちゃんの話って……」

イソは小仏の顔を見ながら首をかしげた。

「この前、エミコは、八十歳をすぎた男性の長崎旅行へ同行した。人生の幕を閉じる前に行きたいところを訪ねる旅だった。長崎でその人が訪ねたい場所は、如己堂と、

西坂公園の日本二十六聖人殉教地だった。……如己堂に着くとその人は、手を合わせたり何度も頭を下げた。なにかに対して謝罪しているようだったとエミコはいっていた。その男性は桑畑松市さんだった」

イソは前方を向くとハンドルをにぎり直した。ものをいわなくなった。ときどきナビに目をやってサントス通りを目ざした。

和風の建物の如己堂に着いた。近くにはだれもいなかった。ガラス戸をとおして二畳の部屋へ薄陽《うすび》が差し込んでいた。小仏はその小さな家に向かって合掌した。

二十年前、門倉眉は桑畑松市と青森へ旅行したのではないか。彼女がかねてから行ってみたいところが龍飛崎だったかもしれない。彼女の希望にそって北のはずれの岬《みさき》を訪ねたのではないか。海からの強い風を受け荒波を見ながら二人は波打ちぎわを歩いていた。

小仏の想像だが、渚の近くを歩いているうち桑畑は用足しにでも行ったのではないか。彼が浜辺へもどると、眉の姿が消えていた。彼女は襲ってきた大波にさらわれたのか、それとも狂ったように押し寄せる大波に自ら飛び込んだのではとも思われた。

いずれにしろ彼女は還《かえ》らぬ人となった。桑畑はしばらくのあいだ海を見つめていただろう。そうしてどうしたらよいものか考えた。本来ならそれを警察なりに届け出なくてはならないが、彼にはそれができなかった。

桑畑は、眉と龍飛崎へ旅行したことをだれにもいわないことにしたし、彼女との関係にも蓋《ふた》をかぶせた。もしだれかに彼女との関係を指摘されたとしても、知らないことにしたのではないか。しかし良心は脈打っていた。眉が夢にあらわれたことは一再ならずだったろう。

桑畑は眉が姿を消した痕跡を見つけたくなった。それでだれにも告げず龍飛崎へ足を運び、波に洗われている海辺を歩いた。砂浜に打ち寄せられた藻屑《もくず》のなかに、眉の痕跡がないかと、それを掻《か》き分けたりもした。その捜索行も人には話さないことにした。

彼は二度も三度も龍飛崎を訪ねた。それは眉を忘れることができないからで、どうしても彼女が消えた痕跡を手にしたかったからだろう。

独りで何年かにわたって龍飛崎の波打ちぎわを歩く彼の姿を記憶していた人がいた。それは食品を売りに岬とその付近へきていた人、それから風景が気に入って撮影にきていたカメラマンだった。カメラマンには話し掛けられた。カメラマンには、『あなたはここへ何度もきていますね。なにかをさがす目的でもあるのではありませんか』ときかれたかもしれない。桑畑は否定したが、カメラマンは執拗《しつよう》にからみついてきたのではないか。

それは六年前のことで、カメラマンは龍飛崎の丘上に群生しているアジサイを撮っていた。と、年配の男の姿が目に入った。それまでに見憶えのある男だったので話し掛けた。それがいけなかったのか、カメラマンは崖《がけ》上から転落して死亡した。過って落ちたようでもあり、年配の男と争って突き落とされたのかもしれなかった。

小仏は、永井隆記念館から如己堂を振り返った。門倉眉の実家の唐木田家は如己堂の真後ろで、小仏が立っているところから屋根の一部が見えた。

八十歳をすぎた桑畑松市は、人生の幕を閉じる前に行きたいところに、長崎の如己堂を選んだ。如己堂ではない。そこから屋根の一部がのぞいている唐木田家に彼は向いたのだ。唐木田家を訪ねて、眉とのことを話すのが筋だと分かっていたが彼にはそれができなかった。彼は二十年のあいだに、いつかは長崎へ行って眉の家族に会うことも考えていたようにも思われる。

彼はどうしても唐木田家を訪ねることができなかったので、如己堂の陰から手を合わせ、何度も頭を下げて謝った。エミコを伴っての長崎行きは贖罪《しょくざい》の旅だったのだろう。

小仏は、眉の兄の唐木田進一と、彼が経営する製麺所で会った。

進一は、簡素な応接室へ小仏を招いてから、手を洗って入り直すと、小仏の名刺を受取って、自分の名刺を出した。進一は六十一歳だといったが、いくつか老けて見えた。

「私は東京へ行って、眉と親しかった淳子さんに会いました。彼女から眉のことをきいているうち、眉は、かねてから行ってみたいと思っていた龍飛崎へ行き、海へ飛び込んだのだと思いました。夫を裏切り、息子を棄てた罪ぶかさに、生きつづけることができなかったんじゃないでしょうか」

進一は穏やかな声で話した。

小仏は、桑畑松市が長崎へ来て、如己堂の陰から手を合わせたことを話した。そして、友人である同僚と一緒に訪ねた龍飛崎で、何者かに殴り殺されたことも話した。

「桑畑という人は、何度も龍飛崎へ行っていたといいましたね」

進一は眉間《みけん》に皺《しわ》を立ててきいた。

「はい。何度も行っていたので何人かの記憶に残っていたんです。海辺でなにかをさがしていたようですから、もしかしたら、眉さんが身に着けていた物が打ち上げられていないかと、それをさがしに行っていたんじゃないでしょうか」

「桑畑という人は、最後の旅行になってしまったが、友だちを誘って龍飛崎へ行ったんですね」

「いや、どうも一緒に行った友だちから誘われたようです。桑畑さんは、一緒に行った大杉さんには、何度も龍飛崎へ行っていたことは隠していたんじゃないかと思います。なにしろ、好きな方を失った場所なんですから」

「眉が行方不明になったところで、桑畑さんと友だちは殺された。その事件と眉は、なにか関係がありそうですか」

「眉さんとは関係がないと思いますが、犯人が挙がっていないので、なんとも……」

「眉が東京へ行かなかったら、こんなことには……」

進一は、自分が悪かったとでもいうように頭に手をのせた。

鐘の音をきいたような気がして小仏は首をまわした。鐘の音は風にのってくるらしく、はっきりきこえたり遠退《とおの》いたりした。

第六章　納沙布《のさっぷ》岬

1

イソは車の運転席で口を半分開けて眠っていた。小仏が助手席に乗ると、あくびをして、どこへ行くのかときいた。

「空港だ」

「空港って、まさか帰るんじゃ」

「用事がすんだから、帰るんだ」

「わざわざきたのに、メシも食わないの」

「そうか。じゃ、メシだけ」

平和公園の近くの店へ入った。長崎観光にきたらしい五人連れが、談笑しながらちゃんぽんを食べていた。

イソは迷わずちゃんぽんにしたが、小仏は皿うどんをオーダーした。

「この前、エミちゃんが話していた、二十六聖人の像を見たい。それをどうしても見たい」

「ほう、おまえにもいくらか信仰心があるんだな。何年も前に長崎へはきたことがあるようなことをいっていたが、そのときは二十六聖人像を見なかったのか」

「五、六年前、雲仙《うんぜん》へ行ったんで長崎市内の見物はしなかった。……高校の修学旅行が、熊本と長崎だったけど、おれは行かなかった。おふくろが修学旅行の費用を工面してることが分かったんで、おれは行くのをやめたの。旅行から帰ってきたやつらから、写真を見せてもらった。そのなかに日本二十六聖人殉教地と、昇天する聖人像の写真があって、そこにだけはいつか行ってみたいって思ったことが……」

ちゃんぽんは、丼に高く盛られて運ばれてきた。イソは珍しく箸を持つ前に手を合わせた。

皿うどんは、パリパリとした食感の細麵の上に具が盛られ、それに熱いあんがかけられて湯気を上げていた。

「こういうのを食うと、ビールが欲しくなるよね、所長」

小仏は返事をせず、熱い麵を吹きながら口へ運んだ。

イソがどうしても行ってみたいという日本二十六聖人殉教地へ行くことにした。なにがイソを惹《ひ》きつけるのかをきいたが、ただ見たいだけだといった。

西坂公園は長崎駅の近くだと分かった。そこへ向かっていると電話が鳴った。スマホの画面に番号だけが並んだ。応答すると男の声が、「いまどちらにいらっしゃいますか」ときいた。

電話をしてきたのは唐木田進一だった。ただいま西坂公園の近くにいると答えると、

「もう一度お会いしたいのですが、ご都合はいかがでしょうか」

ときかれた。

小仏は、用事がすみ次第うかがうと答えた。唐木田進一は妹の眉に関してなにかを思い出したのかもしれない。小仏はそれを早くききたかった。

二十六聖人像の前には観光客らしい二組がいて、合掌している灰色の像を仰いでいた。そのなかの黒いコートの女性は、白いハンカチを目にあてていた。

イソは石段を二段上ると横に並んだ像を右端から数えるように移動した。左端まで行くと手を合わせて右のほうへともどった。像の顔のまわりにはその人の名が刻まれている。彼はそれを読んでいたようだが石段を下りると、

「子どももいたんだ」

と、つぶやいた。哀れみを覚えたにちがいない。

流れてきた雲が陽差《ひざ》しを消した。イソは頭上を仰いでから石段を下り、一、二歩下

がるとあらためて合掌した。小仏は像の裏側にある教会の二本の塔を眺めていた。

小仏とイソは無言のまま車にもどった。


唐木田の製麺所へもどった。進一は小仏の到着を待っていたらしく応接室へ招いた。

「さっき、小仏さんのお話をきいてから考えましたが、龍飛崎というところへ行ってみたくなったんです。そこの海辺を桑畑さんと歩いていたのは眉にちがいないと思うようになりました」

小仏は強くうなずいた。

二十年前、たった一人の妹がどこでどうなったのか分からなかったのだ。眉の夫だった門倉洋祐も息子の高直も、彼女の消息が分からないままにちがいない。

きょうの小仏の話で、眉は、桑畑松市という男と一緒に訪ねた龍飛崎で、姿を消したことがほぼ確実だろうと進一は思ったのだ。それで、眉が姿を消した場所へ行き、彼女との別れをしたくなったのだろう。

「龍飛崎へは、私も」

小仏はいくぶん汚れたような顔の進一にいった。現地を訪ねる日が決まったら知らせてもらいたいともいった。

「ありがとうございます。なんだか眉に会えるような気がします」

進一はそういってから、唇を噛んだ。

小仏とイソは、夜の便に乗るために長崎空港へ向かった。

道中イソは、折角《せっかく》長崎へきたのだから、原爆資料館ぐらいは見学したかったと、文句をいった。

「おまえにはいつか、一週間ばかり休暇をやる。そのときは原爆資料館だけでなく、平和公園や、浦上天主堂や、それから出島《でじま》へも行ってくるといい。……一週間もあったら、平戸《ひらど》へも、島原《しまばら》にも、雲仙にも行けるぞ」

イソは急にブレーキを踏んだ。数秒のあいだ前方をにらんでいたが、無言で車を走らせた。スピードを上げた。小仏が一週間も休暇をくれるわけがないと思っているのではないか。

翌朝、小仏は警視庁の安間に電話した。

二十年前と六年前、桑畑松市は龍飛崎へ行き、一、二泊していそうだ。その宿泊の事実確認を青森県警へ依頼してもらいたいと頼んだ。二十年も前の宿泊記録を、ホテルや旅館が保存しているかどうかは不明だが、

「最近のことだが、ある旅館は、四十数年前から今日までの宿帳を保存していた。そ

ういう例があるので分かるかもしれないから、すぐに照会してもらう」

と、安間はいった。

イソが、のそりと小仏のデスクの前に立った。シマオはイソのことが苦手らしく、小仏の股《また》の下からそっと抜け出して、エミコの足元へ移動してイソをにらんだ。

「所長はきのう、おれに、一週間ばかり休みをくれるようなことをいったけど、そんなことをしないでもらいたい」

そういったイソの唇はとがっていた。

「独りで、ゆっくりと観光旅行でもしたいんじゃないのか」

「観光旅行なんか、したくないよ。一週間も休んだら、仕事をする気がなくなりそうだし……」

「そうか。おまえはよく働いてくれるから骨休みをしてもらいたいって思ったが」

「なんとなく気味が悪いし、背中がむずむずするの。だから、そんなことは考えないでもらいたい」

「そうか。おれは気を遣ったつもりだったが。……分かった。もういわない」

小仏が首を縦に動かしたところへ、デスクの電話が鳴った。

「お早《はよ》うございます。唐木田です」

長崎の唐木田進一だ。彼は、あした青森へ行きたいのだが、小仏の都合はどうかときいた。小仏が訪ねてからずっと眉のことを考えていたような気がする。

小仏は了解したと答えた。進一は飛行機でやってくる。小仏は羽田で彼を迎え、そして一緒に青森行きの便に乗ることにした。

「おれも行くんだね」

小仏の電話が終るとイソがきいた。

「また一緒に龍飛崎へ行くんだ」

飛行機の手配をしろと小仏がいうと、

「あしたは天気がよさそう。十和田湖や八甲田山が見えるかも」

イソは目付きを変え、長崎からの便の到着と、羽田発青森行きの時刻を調べた。

遅い昼食を摂って事務所へもどったところへ安間から電話があり、青森県警の外ヶ浜署から津軽半島東海岸沿いの宿泊施設に問い合わせた結果の報告があった、といくぶん冷たい声でいった。

その報告によると、二十年前の九月三十日に桑畑松市は、外ヶ浜町の「カニタホテル」へ一泊した。同伴者がいて宿泊カードには二名と記録されていた。

それから六年前の五月十八日には今別町の「ホテルつがるはま」に桑畑松市の宿泊が記録されていた。単独だった。

カニタホテルでの同伴者は、門倉眉にちがいない。

ホテルつがるはまに泊まった翌日、龍飛崎では重大事件が発生した。丘上のアジサイを撮りに訪れていたプロカメラマンの伊浦靜人が、断崖から海に転落して死亡している。

安間との電話を切ると小仏は、いつも持ち歩いているノートに、たったいま報告を受けたことをメモした。そのメモを読み直した。

桑畑松市が津軽半島の東海岸のホテルに宿泊していた事実は、きわめて重大な意味をふくんでいる。そのことをあらためて認識した。

2

長崎市の唐木田進一は、茶色で大きめのショルダーバッグを掛けて空港の到着口を出てきた。彼はバッグを持ち直すと待っていた小仏とイソに頭を下げた。進一には一昨日会ったのだが、きょうはコートを着ているせいか痩せて見えた。

青森便の出発には四十分ぐらい間があったので、カウンター席の店でコーヒーを飲んだ。

「たびたび旅行をされますか」

小仏がきいた。

「毎年一回、業界の人たちと旅行をしています。去年の秋は、函館と大沼公園でした」

「青森へは」

「行ったことはありません。真夏にねぶたを見に行くという案が出ています」

「これまで行かれたところで、よかったのはどこですか」

「富山の八尾《やつお》です」

「風の盆ですね」

「編み笠《がさ》をかぶって、浴衣《ゆかた》に黒い帯。私たちは人混みのなかで三時間ばかり、踊りを見ていました。人混みでないところで、もう一度あの踊りを見たいものです」

青森便への搭乗のアナウンスがあった。飛行機好きのイソはいつになくにこにこして、小仏のバッグを手にした。外を見ていたいだろうからと、イソを窓ぎわの席へすわらせた。列車だとイソはすぐに口を半開きにして眠るのだが、飛行機だと動き出す前から窓に額を押しつけている。

旅馴《たびな》れしていない進一は、シートベルトを締めると周りをきょろきょろと見まわしていた。

機内サービスのスープを飲んでから少しまどろんだ。

「所長、所長」

イソが膝を叩《たた》いた。予想していたとおり十和田湖が見えると教えてくれた。

小仏は目をこすって窓をのぞいた。茶と緑のまだら模様の山地のなかに、少女の瞳のような青い湖が空を見上げていた。

「あ、八甲田だ。やっぱり見えた。八甲田だ」

八甲田の連山は雪をかぶって、まだら模様で、陽差しを受けている斜面は金色の光を放っていた。

「あ、所長、海だ」

「うるさい」

進一は笑った。飛行機は高度を下げた。


きょうも空港脇でレンタカーを調達した。小仏とイソの行動は流れに沿っているので、

「お二人とも、旅行に慣れているんですね」

進一はさっきから感心しているといった。

イソがハンドルをにぎった車は、蓬田《よもぎだ》、蟹田《かにた》を過ぎると海岸線をはなれて津軽海峡線に沿って走り、三厩に着いた。そこからは津軽海峡を右手に見て、鄙《ひな》びた漁村を走る。道路わきには人も車も見えなかった。車をとめると真横に吹きすぎる風の音だけ

がした。

「寂しいところですね」

進一は軒の低い家並みと黒っぽい色をした廃屋を見ていった。

［青函トンネル本州方基地龍飛」の看板が山腹に張り付いている広い駐車場に着いた。そこには大型観光バスが一台とまっていた。人影も見えた。ひとかたまりになった人たちは冬間近の海峡を眺めていた。

青い空の下の駐車場は建物を風がさらっていったように殺風景だ。イソが先に立って白い灯台のほうへ歩いた。灯台は枯草色の台地の上に据わっていた。そこからは幾重にも重なる山と丘が一望できた。カメラマンが墜落した黒い断崖も目に入った。下北半島と北海道が薄く映った。きょうは日本海を北へ向かう船が見えた。

三人は階段国道を下った。真下に帯島を背負う湾と龍飛漁港と小さな集落がある。そこを見下ろすようにホテルが一軒建っている。

岸壁を伝って波打ちぎわへ下りた。波が鳴り、しぶきが幕をつくった。立っている物をつかむように押し寄せてくる波頭もあった。

海を向いた進一は、「わおっ」と吠えた。それまで静かだった彼が豹変《ひょうへん》したようだった。両手を口にあてると、「まゆっ」と叫んだ。腹からしぼり出すような声で、二度も三度も呼んだ。いや、五度も六度も呼びつづけた。その声を風がちぎっていった。

前のめりになって、血を吐くように妹の名を呼ぶ彼は波頭につかまえられそうにも見えた。イソはその姿を見かねたらしく、進一の腰にしがみついた。わめいて涙を飛ばした。

三人は、海に別れを告げるように背中を向けて、階段国道を上った。階段両側の小木と枯れ草が風に倒されていた。

［津軽海峡冬景色］の歌碑に着いた。一組の男女が歌詞を読んでいた。

イソは強い風に逆らうように海を向くと、「上野発の夜行列車……」とうたいはじめた。その声につられたように進一もうたいはじめた。見知らぬ男女もうたった。小仏も声をそろえた。五人は大きい声で、同じ歌を繰り返した。進一はうたいながらポケットから白いハンカチを取り出した。きょうも海峡を渡る黒い鳥の群が見えた。

青森市の中心街に着いてホテルを予約した。

イソのお気に入りの居酒屋の津軽漁り火へ行くことにした。三人は広い道路沿いの歩道を歩いていったが、街は眠ってしまったように人影がなく、走っている車の数も少なかった。進一はそれに気付いて、長崎の夜とはちがうといった。

青森港に近づいた。青函連絡船・メモリアルシップの八甲田丸は小さな灯をつけて押し黙っていた。右手の青白い光に包まれている三角形の建物は青森県観光物産館アスパムだ。その建物やベイブリッジを眺めている観光客がいた。人びとは上着の襟を立て、ポケットに手を突っ込んでいる。

　イソが先頭に立って津軽漁り火の障子を開けた。まるでこの店の常連のようだ。店の奥から、「いらっしゃい」と威勢のいい声に迎えられた。食事には少し早いからか、客は一組入っているだけだった。

「お酒はよく召し上がりますか」

　ビールで乾杯すると小仏が進一にきいた。

「飲み屋へはめったに行きませんが、寝る前に毎晩飲んでいます。最近は弱くなって、日本酒をコップに二杯飲むと眠くなるんです」

　進一は酒好きらしく、ビールを一杯飲み干すと日本酒のリストを開いた。箸を持つのを忘れたようにそれをじっと見ていたが［恐山《おそれざん》］に指先をあてた。小仏も同じ酒にした。ヘソ曲がりのイソは二人に背いて［奥入瀬《おいらせ》］をオーダーした。酒のリストには青森県の県花はリンゴ、県鳥はオオハクチョウ、県木はヒバと書いてあった。

　青森県には、十和田湖、八甲田山、恐山、仏ケ浦《ほとけがうら》、奥入瀬渓流、龍飛崎など、名勝がいくつもあるが、今夜はそれを話題にしないことにした。

　食べ物はなにが好きかと小仏は進一にきいた。

「ここは、ホタテと生エビが旨いですよ」

イソが横からよけいなことをいった。

「私は、エビが大好きです」

進一は、生エビとイカのこのわた和《あ》えと子持ちコンブの土佐酢かけを注文した。いかにも酒好きらしい肴だ。

進一が二杯目の酒を頼んだところへ三味の音がきこえはじめた。気がつくと衝立《ついたて》の向こうには客が何組も入っていた。

衝立を二つはなれた席で三味線を奏《ひ》いているのは、この前と同じ女の子だった。女の子は民謡をうたい、「あいや」と黄色い声を張り上げた。

進一は箸も盃も置いて背伸びして女の子の歌をきいた。ときどきうなずくように首を動かした。

イソの耳には三味の音も歌声もきこえていないようで、店の人を呼び寄せて食べ物を頼んでいた。

進一のスマホに電話が入った。彼は衝立を向き背中を丸くして話していた。電話を終えると眉間に皺を彫っていた。

製麺所の従業員の一人が辞めたいといったのを、妻が伝えてきたのだという。

従業員は何人いるのかと小仏がきいた。

「五人ですが、もう一人欲しいと思っていたんです」

進一には子どもが二人いて、娘は会社員と結婚して目下子育ての真っ最中、息子はJRの職員だという。

「息子にはいずれ製麵所を継いでもらうつもりでしたが、それが少し早まりそうです」

進一は父親がやっていた製麵所を継いだのだといった。

彼はなにかを忘れたとでもいうふうに首を横に振ると、二杯目の酒に手をやった。あらためて箸を持つと、肴が旨いといって、小仏とイソに笑い顔を見せた。彼は穏やかで思慮ぶかい性格のようだ。眉が道を踏みはずさなかったら、進一にはなにかと相談にのってもらえたのではなかったろうか。

小仏がイカの足を嚙み切ったところへ、エミコが電話をよこした。青森の天候はときかれたので、風は強かったが陽差しはあったと答えた。

「きょうは、こういう電話がありました」

九十歳の父親と暮らしている六十五歳の娘からで、父が人生の幕を閉じる前に北海道の根室《ねむろ》へ行きたい。納沙布岬《のさっぷみさき》に立って、国後島《くなしりとう》へ別れを告げさせたいのだといったという。

「その父親は、国後島にいた人じゃないのか」

「生まれ故郷だということで、十六歳のときに一家そろって北海道へ追われ、それから福島へ移り、四十二歳のとき東京へきて、製紙会社へ勤めていたそうです。なぜ電話をくださったかというと、女性は足が不自由で、百メートルぐらい歩くとひと休みしなくてはならないそうなんです。……そういう方のお供を引き受けていいものかを、所長に……」

「その旅行を引き受けたらどうだ。その父親にはおまえとシタジ、イソがついていってもいい。だが、九十歳の父親は健康なんだろうか」

「少し血圧が高い程度で、食欲もあって、毎晩お酒を一合飲んでいるということです」

九十歳と六十五歳の父娘《おやこ》にはほかに家族がいないのだろう。知り合いの一人や二人はいるだろうが、旅行への同行を頼むわけにはいかないのではないか。

「龍飛崎でなにか分かりましたか」

エミコはいつものようにきいた。

「いや、荒れる海を眺めただけだ」

岩を砕くような怒濤《どとう》のなかへ、進一が喉《のど》が裂けるような声で妹の名を呼んだことは話さなかった。

小仏はエミコに、二十年前、夫に家を追い出された門倉眉が、突然消息を絶ったことを話している。推測では、眉は桑畑と龍飛崎へ行ったのだ。海辺を歩いているうち桑畑が目をはなしたわずかなあいだに、眉は身をおどらせて波濤のなかへ飛び込んだようだ。それを小仏が話したときエミコは、眉の自殺を確信したようだった。

三味に合わせて民謡をうたっていた女の子は帰ったようだ。間もなく三味線流しがやってくるだろう。イソは流しのくるのを待っているのかもしれなかった。小仏は流しがこないうちにホテルへもどることにして、膝を立てた。

「ちょっと待って。ガッコ割りと焼きおにぎりを頼んであるんだから」

イソは赤い目をして、小仏の上着の裾《すそ》を引っ張った。

3

東京へ帰ると小仏はエミコとともに、納沙布岬で国後島へ、この世の別れを告げたいという沢井《さわい》父娘に会いに行った。

二人の住所は東中野駅近くのマンションだった。インターホンに応えてドアを開けたのは頭に一本の毛もない光次郎《こうじろう》という男だった。小仏とエミコがせまいたたきに立つと、

「わざわざありがとうございます」

と手をそろえて腰を折った。

千穂《ちほ》という娘は台所に立っていたが、少し足を引きずるようにしてお茶を運んできた。

「達者とはいえませんが、歩けるうちに納沙布岬へは行きたい。国後島は生まれたところですし、父と兄と祖父母の墓もあります」

光次郎は嗄れ声で語りはじめた。

「お父さんとお兄さんは国後でお亡くなりになったんですか」

小仏がきいた。

「父と兄は終戦の前の年に海で亡くなりました」

「海でとおっしゃると……」

「漁に出て、船が沈んだんです。戦時中のことですから、あるいは敵に沈められたのかもしれません。……終戦になるとソ連兵がやってきて、鍋や釜を蹴ったりして、ここから出ていけと怒鳴りました。私には、日本が戦争に敗《ま》けたことも、なぜソ連兵が入ってきたのかも分かりませんでした。憶えているのは、母と二人の妹と、壊れて沈みそうな船に大勢が押し込まれて、夜に根室の港へ着いたことです。……根室では漁師になれといわれましたが、父と兄が海で死んだことを思い出して、漁師にだけはなりたくないといって、港の近くの食堂で働くことにしました。……母も二人の妹も働いていましたが、どういうわけか、母が死に、その次の年に上の妹が死に、その次の年に下の妹が死にました。三人とも四、五日寝込み、そのまま死んでしまいました」

千穂は光次郎の横にすわった。二人は目のあたりが似ていた。

光次郎はお茶を飲むと湯呑《ゆの》みをそっと置いてから話をつづけた。

「私が勤めていた食堂へ、魚を運んでくるしのぐという名の女がいました。口数の少ない無愛想な女でしたが、食堂の主人に、『しのぐはおまえのことが好きらしい。器量よしだし丈夫そうだから一緒にならないか』といわれた。ほかの女性と知り合う機会もなかったので、しのぐと結婚することにしました。私は二十四歳で彼女は二十歳《はたち》でした。……食堂には十一年間勤めましたが、福島県の土湯《つちゆ》温泉の近くに開拓農地があって、北方諸島や樺太《からふと》からの移住者が農業をしている。農地はいずれ自分の所有となるという話をききました。そこで、ほんとうに農地が自分のものになるのかをたしかめるために、土湯温泉近くの集落へ行ってみました。終戦と同時に樺太から移ってきた人に会って話をきいたところ、山林を農地にして、十年間作物をつくれば、その農地は自分の所有地になるということでした。……根室へもどってしのぐに話すと、福島で農業をやるほうが将来性があるといいました。そこで娘の千穂を抱いて土湯の近くへ移住しました。役所では住居を充実させるために資金を貸してくれたので、物置小屋のようだった家の隣に小さな家屋を建てました」

光次郎は、家が完成した日を思い出してか、目を細めて、お茶を一口飲んだ。

「開墾した農地ではなにをつくりましたか」

　小仏は、光次郎が振り返っている過去をきいた。

「まず米が欲しかったので、福島の農家から陸稲《おかぼ》の苗を買って植えました。ところが土地がやせているせいか、苗の背が伸びず、わずかに出た穂には実が入りませんでした。次の年も同じように陸稲を植えてみましたが、小さな穂は粃《しいな》ばかりでした。肥料をやって野菜もつくったが、うまく育ちませんでした。不思議なことに、木から落ちたドングリやトチは芽を出して伸びていくんです。ところが人間が種を蒔《ま》いたり苗を植えたものは、育ちがよくないんです。それでも野菜をつくって、自給自足の暮らしを十年ばかりしていましたが、すぐ近くにゴルフ場ができることになって、山林や雑木林が平地のように変わっていきました。ゴルフ場が完成すると、コースの手入れなどに人手が要るので、周辺の人は就職できるという話がきこえてきました。私はその話に飛びついて、ブルドーザーが山を削っている現場を何度も見に行っていました。……ところがある日、ブルドーザーの音がしなくなりました。ゴルフ場建設を計画した会社は、募集した会員が思うように集まらず、倒産したのだということが分かりました」

　光次郎は毛のない頭に手をやった。視線をゆっくりと窓のほうへ移した。

「私のところへは、豚を飼えだの仔牛を育てろという話が舞い込んできましたが、考えた末、十五年で開拓農地に見切りをつけました。懇意にしていた土湯温泉のホテルの社長が、会社勤めをする気があるならと、東京の製紙会社への就職をすすめてくれたんです。社員用の住宅もあるということだったので、その会社への入社を決めて移りました。しのぐは、千穂を近くの学校へ通わせられるのがなによりもうれしいといいました。それと作物の心配をしなくていいので、気が休まるともいっていました。東京へ移って三か月ばかり経つとしのぐは、ビル管理会社の清掃係として勤めはじめました。……千穂が大学生になったころからしのぐは、月に一日か二日、『疲れる』といって勤めを休んでいました。大きい病院で検査してもらえばよかったんですが、一日休めばよくなるからといって、働きに出ていました。会社は長野県伊那市に紙の箱をつくる工場を建設して、私に転勤を命じました。しのぐと千穂は東京にいたので、私は月に二度ぐらい帰っていました。そのうち千穂から電話があって、しのぐが床をはなれなくなったのを知りました。松本の大学病院で検査を受けると、三か月ぐらいしか生きられないといわれ、私はめまいを覚えました。……しのぐは伊那市の病院へ移っていましたが、半年後に、眠るように息を引き取りました」

光次郎は、妻が亡くなったときを思い出してか、唇を震わせた。千穂は彼の横で俯《うつむ》いている。

「千穂は大学を出ると、丸の内の保険会社に入社しました。私は伊那の工場から本社勤務になっていました。千穂は、仕事が山のようにあるといって、夜、八時か九時ごろに帰ってきていました」

光次郎の横で千穂はうなずいた。彼女は三十歳で同じ会社に勤めていた人と結婚した。二年後に男の子を産み、半年後に職場復帰した。男の子はからだが弱く、しょっちゅう病院へかかっていたが、誕生日を待たずに亡くなった。そのとき光次郎は、母と妹が相次いで亡くなった事実を思い返した。家族がなぜ早世するのかと、祈禱師《きとうし》に拝んでもらったこともあった。

製紙会社の役員のなかには光次郎を取締役に推薦したいという人がいたらしいが、学歴がない点からその案はしりぞけられた。しかし光次郎は、勤めている会社が堅実な点から自社株をこつこつ買っていた。

彼は六十五歳の誕生日で退職することにし、その一か月前に、千穂夫婦と一緒に箱根の保養所へ一泊旅行することにした。千穂の夫が運転する車で向かっていた湯河原で、反対車線を走ってきた大型トラックと衝突した。千穂の夫は即死し、彼女は右足骨折の重傷を負った。後部座席に乗っていた光次郎は軽傷を負っただけだった。千穂は、ものをいわなくなった夫に抱きついてわめいた。光次郎が、娘の取り乱した姿を見たのは初めてだった。

彼は、『また一人亡くなった』と天を仰いでつぶやいた。

光次郎は、足が痛むといってズボンの上からさすっている千穂と二人きりになった。彼は会社を退いたが、からだに故障はなかった。昔、根室で食堂に勤めていたことを思い出し、ラーメン店をやることを思い立った。千穂は保険会社を辞め光次郎の仕事を手伝うことにした。

東中野駅の近くの空き店舗を借りた。『損をしない程度で、儲《もう》けようとしない店』をやることにして、味と具に凝った。千穂が従事していたが手がまわりきらないので、若い女性を採用した。

「そのラーメン屋を二十年やって、人にゆずりました。私がやっていたころは繁昌《はんじょう》して、評判をきいたといって遠方からきてくださるお客さんもいました。……その店はいまもつづいています。味を落としてはいないと思いますので、小仏さんたちも寄ってあげてください」

光次郎は目尻を下げた。千穂はお茶をいれかえるといって台所へ向かった。エミコは手伝うつもりか膝を立てかけたが、思いとどまったようだった。

小仏とエミコは、光次郎がやっていた「さわいや」というラーメン店をのぞいた。食事の時間帯でないせいかカウンターに男客が二人いるだけだった。カウンターのなかには白い帽子をかぶった四十歳ぐらいの男がいた。店内の壁にメニューなどは貼《は》ってなかった。しょうゆ味とみそ味のラーメン専門店だ。

二人はしょうゆ味を頼んだ。レンゲでスープをすくった。小仏とエミコは顔を見合わせた。肚《はら》のなかで、「旨い」といった。

「沢井さんの納沙布岬行きには、所長がお供したほうがいいと思います」

エミコがいった。

「なぜだ」

「沢井光次郎さんは、所長の人柄を見抜いたので、ご自分の経歴や係累のことを語ったのだと思います。一緒に旅をすれば、もっとお話しするんじゃないでしょうか」

小仏は、箸を置くと丼の底のスープを飲んだ。彼はエミコと一緒に、九十歳と六十五歳のお供をしようと考えた。

十一月半ばだ。納沙布岬には雪が舞うのではないか。

事務所にもどると、シタジはパソコンの画面をにらんだまま、「お帰りなさい」といった。

珍しいことにイソは本を読んでいた。その本のタイトルは［池ぽちゃ裁判官］＝法的能力は裁判官の最低必要条件なのに、と表紙にはあった。

小仏は椅子にすわると、沢井光次郎の顔を思い浮かべた。『達者とはいえないが、歩けるうちに……』といった言葉もよみがえった。彼は九十歳だ。あす体調が急変してもおかしくはない。

小仏は、沢井家へ電話した。呼び出し音が七つ鳴って千穂が応えた。納沙布岬へは明後日に行くことにしたいが、都合はどうかと尋ねた。千穂は光次郎に話し掛けていたが、

「一日でも早いほうがいいので、明後日、よろしくお願いします」

と返事をした。

4

納沙布岬へは、小仏とエミコとイソがお供をすることにした。

好天であることを祈っていたが、その思いが天に通じてか北海道の東部は晴れという予報だった。五人は羽田空港で落ち合って釧路《くしろ》へ飛んだ。釧路からは快速列車で二時間十分。根室へは午後に着いた。

イソがレンタカーの手配をした。彼はこの仕事に慣れている。エミコは光次郎の体調を気遣って何度も言葉を掛けた。小仏は光次郎より千穂の身動きに注意を払った。きょうの千穂は杖を持っているが、ときどきよろけてエミコの肩につかまった。

根室には光次郎の母と二人の妹の墓があった。まずそこへ行って、光次郎と千穂の

後ろで小仏たちも手を合わせた。墓地からは青い海が見えた。

光次郎は根室港へ行ってみたいといった。国後島を追われて、船で着いたところが根室港だった。十六歳だった彼は、港の近くの食堂に勤めはじめ、その店へ魚を運んできていたしのぐという女性と結婚したのだった。彼は十一年あまりをすごした思い出の深いところを見たくなったにちがいない。

まずホテルを予約した。それから根室港へ車を向けた。根室は坂のある街だった。北海道の港町には坂が多いことに気付いた。函館も小樽《おたる》も坂道が海へ向かっている。

港に着いた。どこの港も同じで岸壁に漁船が並んで舳《みよし》を休めている。漁船の群から少しはなれたところに軍艦のようなかたちの鉄の船が繋留《けいりゅう》されていた。船体のところどころには錆《さび》が浮いている。その船をじっと見ていると外国人が働いているのが見えた。どうやらロシアの船のようである。北方の島からカニを積んできた船だろうと光次郎はいったが、その顔は険しくて、ゆがんでいるようにも見えた。

港からはなれて広い道路の交叉点《こうさてん》に立った。光次郎は道路越しに並んだ建物をじっと見ていたが、

「あそこだ。あそこだったんだ」

といって、箱を伏せたような灰色のビルを指差した。そこは彼が働いていた食堂があった場所だという。食堂はべつのところへ移ったのか、それとも廃業したのか、い

まは冷たい貌《かお》をしたオフィスビルになっている。

「食堂をやっていた人に、お父さんは会いたいの」

千穂がきいた。

「とうに亡くなっているはずだ。酒に酔ったような赤黒い顔をしてて、大きい声で喋る大柄なおやじだった。私が店を辞めて、しのぐと一緒に福島へ行くとき、おやじは私の肩に手を掛けて、『苦労をかけたな』といって、餞別《せんべつ》をくれた。そうしておまえの頭を、『丈夫な子に育てよ』っていって撫でていた。恐《こわ》い顔をした男気のあるいいおやじだった」

光次郎は千穂にいったが、

「そのおやじ、小仏さんに似てたな」

といって白い歯を見せた。

イソは、けっ、けっと笑った。

夕食はホテルのレストランで摂ることにした。

「あんまり、酒を飲むんじゃないぞ」

小仏がイソに釘を刺した。

「分かってる」

イソはむっつりしていた。

光次郎は、大風呂にゆっくり浸ったといって赤い顔をして千穂の横にすわった。

広い食堂は宿泊客で半分ほど埋まった。

小仏とイソが並び、テーブルをはさんで光次郎、千穂。その横にエミコがすわった。

エミコは光次郎より千穂の体調や身動きを気にしているのだった。

五人はビールで乾杯した。光次郎はグラスを干した。それを見た小仏が光次郎に、酒を飲む習慣があるのかときいた。

「六十歳ぐらいのときから、毎晩、焼酎を飲んでいます。十六で食堂に勤めはじめましたが、板前にすすめられて酒を飲むようになり、それからというものは、酒なしでは眠れなくなりました」

主になにを飲むのかときくと、日本酒、焼酎、ワインと答えた。

「この歳まで健康でいられるのは、毎晩、酒を少し飲むからじゃないかって思っています」

毎晩、どのぐらい飲むのかときくと、千穂が、

「日本酒を二合ぐらいです」

と答えた。

千穂は、光次郎が飲んでいるあいだ向かい合ってすわり、日本酒を盃に二杯ほど飲

むのだという。

光次郎は、ホタテとアワビが旨いといって食べていたが、義歯の具合が悪くなったといって、口をもぐもぐさせはじめた。千穂が横から小さな声で、アワビの食べかたに注意を与えるようなことをいっていた。

小仏は、赤ワインのボトルをオーダーした。

「いいですね。私はしばらくワインを飲《や》っていなかった」

光次郎は目を細くして、小仏とグラスを合わせた。飲みかたを見ていると彼は酒好きのようだ。

「こういうおいしいものを飲んだり食べたりすると、伊那の工場に勤めていたときのことを思い出します」

光次郎はグラスを手にしていった。

「いい思い出があるんですね」

小仏は耳をかたむけた。

光次郎は首を横に振ると、苦い思い出だといった。

「たしか工場を増築して、その祝いに社員の十五、六人が居酒屋に集まっていたときでした。肴の煮物を見ていたAという男が、戦時中の食糧が不足していたころ、山で木の葉を摘んで食べた話をしはじめました。すると横にいたBという男が、『またその話か』といいました。Aは酒を飲むと戦時中のことを思い出す人のようでした。Bの、『またその話か』といった言葉がAの癇《かん》にさわり、冷たくきこえたのでしょうね。Aは、『あんたのおかあは鬼のような女だった』と、Bに噛みつくようないいかたをしたんです」

『鬼とはなんだ』Bは椅子を立った。Aも立ち上がり、殴り合いをはじめた。

Aは名古屋市に住んでいたが、父親は兵隊に取られていた。住んでいた家は米軍の空襲に遭って焼かれたため、母親と妹と一緒に伊那へ移り、Bの家へ間借りしていた。

冬のある雨の夜、子どもの食べ物をめぐって、Aの母親はBの母親から小言をいわれた。たぶん冷たいことをいわれたのだろう。黙ってきいていたAの母親は歯向かった。Bの母親は目を剝《む》いて、『ここから出ていけ』と怒鳴った。怒鳴っただけでなく、Aの母親を桑の枝で叩いた。Aの母親は、二人の子どもを抱きかかえた。雨の外へ出てからも、Bの母親は桑の枝を振りまわしていた。Aの母親は二人の子どもの頭をかかえて、近所の家へ一時避難した。

Aにしてみれば母親が他人から叩かれていたことは我慢がならなかったようで、殴り合う二人は、殺し合いになるのではないかと思うほど激しく争った。

「食べ物の恨みは根に持つといいますが、そのとおりでした。あの凄《すさ》まじい殴り合いを思い出すと、ぞっとします」

光次郎は思い出したことを振り払うように首を左右に動かした。

小仏は、光次郎の話と同じようなことを伊那の飯島でもきいていた。桑畑松市と大杉昌比古の少年時代のことである。二人とも八歳か九歳で他人の家で棘《とげ》のあるメシを食っていた。子どもに充分な食べ物を与えたい母親は、夜の闇にまぎれて、他人の畑にそっと手を伸ばしたこともあったようだ。

警視庁の安間は、桑畑と大杉の事件には戦時中の恨みが尾を引いているのではないかといっている。小仏は、いまの光次郎の話をきいて、もう一度、飯島の人たちに会ってみようかと考えた。

ホテルの女性スタッフが笑顔で近寄ってきた。

「こたつのお部屋がありますが、よろしければそちらへご案内いたしますが」

と、光次郎と千穂にきいた。

「こたつ。いいですね。こたつに足を入れて寝《やす》みましょうか」

千穂がいった。

光次郎も、「ああ、いいね」といった。

納沙布岬へは根室市街から約二十三キロ。そこには観光客が何人もいた。日本最東端には国後島のほうから吹いてくる風が冷たかった。望郷の家・北方館は、北方領土の島々の返還を願って建てられたものだ。光次郎は二階へ上がると双眼鏡をのぞいて、島にいる人が見えるといった。

明治五年に建てられた北海道最古の納沙布岬灯台へ行った。光次郎はそこから、手が届きそうな近さの島に向かって、父と兄の名を呼んだ。声は嗄《か》れて咳《せき》をした。咳がおさまるとまた名を呼んだ。

海に突き出た崖の上には［返せ　北方領土　納沙布岬］の木製の杭が立っていた。光次郎はそこでも大声を上げた。

薄い霧が這《は》うようになると、島影が消えた。しばらくすると、ボーウ、ボーウと霧笛が鳴りはじめた。光次郎は足をとめたが、海を振り返らなかった。

根室へ帰り着くと、光次郎は思い付いたというふうに「カキを食いたくなった」といった。

「カキなんか、どこでも食べられるじゃないの」

千穂がいうと、

「カキはカキでも、どこでも食えるカキじゃないんだ」

光次郎は帽子をかぶり直した。

「どういうこと」

「厚岸《あっけし》でカキを食おう」

九十歳にしては健啖《けんたん》である。

レンタカーを返すと、根室本線の上り列車に乗った。

約一時間半、列車内で光次郎は目を瞑っていた。眠っているのか、納沙布岬で眺めた国後島や歯舞《はぼまい》群島を再現させているのかもしれなかった。

第七章　闇に沈む足音

1

五人は厚岸のカキに舌鼓を打った。

光次郎がカキをいくつ食べられるかに小仏は興味を持った。

「ここの地名は、アイヌ語でアッケシイだ。カキのいるところというんだ」

光次郎は蘊蓄《うんちく》をかたむけると生を三つ、焙ったのを三つ食べ、

「もう思い残すものはない」

といって腹をさすった。

「同じことを何百回いったか」

千穂がいったので、小仏たちは笑った。

五人は、釧路のホテルに泊まって帰った。

羽田に着くと光次郎は、

「よかった。いい旅行ができた」

といって、小仏たち三人の手をにぎった。

光次郎と千穂を自宅へ送って、事務所へ帰った。

「エミちゃんがいないので、シマオは寂しがって、夕方になると妙な声で何回も鳴きました」

シタジがいった。シマオはすぐにエミコの足にからだをこすりつけた。

小仏は、エミコに甘えているシマオを見ていたが、

「あした、もう一度、伊那の飯島へ行ってみよう」

と、イソにいった。

「光次郎さんの話で、なにかを思い付いたんだね」

「そうだ。安間も、桑畑と大杉事件の原点は飯島にありそうだといっている」

イソは腕組みしたが、なにもいわなかった。


東京は曇りだったが、飯島の街は雨が濡らしていた。

先日、戦時中の思い出話をしてくれた人たちをふたたび訪ねた。十月二十一日かその前後の日に遠方へ旅行していた人を知らないかときいた。桑畑松市と大杉昌比古が

龍飛崎で殺害された日である。

「小仏さんは、この辺のだれかが、二人の事件に関係しとるんじゃないかっていっとるようだが、ここにはそんな人はおらん」

と、同じ言葉を何人にもいわれて、小仏とイソは追い返された。


事務所にもどった小仏とイソは、応接用のソファへエミコとシタジをすわらせた。

八十三歳にもなった二人の男が、北のはずれで何者かに殴り殺された事実を、小仏はエミコとシタジの顔を交互に見ながら話した。

「大杉さんは、行ったことのなかった龍飛崎を見たくなったので、桑畑さんを誘って、二人で行ったんでしたね」

シタジがいった。

「そうだったらしい」

「龍飛崎へは桑畑さんが何度も行っていた。大杉さんはそれを知っていたので、桑畑さんに案内でもしてもらうつもりで誘ったんでしょうか」

「いや。桑畑さんは、龍飛崎へ何度も行ったことを、だれにも話していなかったらしい。なぜかというと二十数年前、桑畑さんは、洋服店のイングランドに勤めていた門倉眉さんといって、夫も子どももいる女性と親しくなった。彼は二十年前の十月、眉さんと一緒に龍飛崎へ行った。眉さんがそこへ行ってみたいといったのかもしれない。桑畑さんはそれまで龍飛崎へは行ったことがなかったような気がする。……そのときの二人は、外ヶ浜町のカニタホテルに泊まったことが、記録で分かった。次の日、桑畑さんと眉さんは龍飛崎の波打ちぎわを歩いていた。散歩中、桑畑さんは用足しだろうが眉さんのそばをはなれた。何分かして彼が海辺にもどると、眉さんの姿が消えていた。彼は波打ちぎわを行き来したが眉さんはあらわれなかった。……少しはなれたところからだったが、桑畑さんと眉さんが渚を散歩していたのを見ていた人がいた。その人は、渚にいた男女のうち女性の姿が消え、それきりあらわれなかったと妻に話した」

「眉さんは、波にさらわれたんでしょうか」

エミコがかすれたような声でいった。

「眉さんには、夫も子どももいた。それなのに桑畑さんと親しくなった。桑畑さんにも家庭があった。それで罪の意識に耐えられなくなって、海に飛び込んだんじゃないでしょうか。もしかしたら龍飛崎への旅を誘ったのは、眉さんだったのかも」

シタジがペンを持ったままいった。

「眉さんがいなくなったことを、桑畑さんは警察に届けずに帰った。だから龍飛崎へ行ってきたことは話さなかった。話すことができなかった。……その後、桑畑さんは何度か龍飛崎へ行っている。棒を拾って、渚の漂流物をさぐっているようだったというから、眉さんの着衣の残片か持ち物が流れ着いていないかと、それをさがしていたんじゃないかと思う」

「その姿を見ていたやつがいた」

イソがぽつりといった。

「桑畑さんの挙動は怪しかったんだね」

シタジだ。

「龍飛崎が大好きなカメラマンがいた。伊浦静人さんだ。彼は『波止場』という写真集を出すために、漁港を撮ったり、龍飛崎のアジサイを撮っていた。すると見憶えのある男が渚を歩いていた。桑畑さんだ。なにかをさがしているように見えたので、丘の上へ登ってきたその男に、以前見掛けたことがあったが、なにかをさがしているのかとでもきいた。……桑畑さんはカメラマンの質問には答えなかったし、何年か前にも見掛けたといわれたことが気に障ったにちがいない。きいたことに答えない桑畑さんに、秘密でも抱えてこの龍飛崎へきているんじゃないかとでもいったような気がする。伊浦さんは執拗に桑畑さんに、『ここへ何度もくる』目的をきこうとした。桑畑さんは逃げようとしたが、そのさい、伊浦さんの胸へでも腕が伸びたんじゃないかと思う」

「伊浦は断崖へ転落して即死した」

イソが、シタジの胸を突き刺すようないいかたをした。

「伊浦さんが死んだのが、六年前の五月十九日。その前日の十八日に、桑畑さんが単独で、ホテルつがるはまに宿泊した記録が残っている」

「桑畑さんは、五月十九日に龍飛崎で伊浦さんと会ったことを、だれにも話していなかったのですね」

エミコだ。

桑畑と伊浦が、灯台下の断崖の近くで話をしていたのを、見た人はいたが、どこのだれなのかは分からなかった。したがって伊浦は過って断崖を転落したのか、何者かに突き落とされたのかは分からないままである。

桑畑松市と大杉昌比古は龍飛崎で何者かに殴り殺された。明らかに殺人だ。犯人は二人の行動を監視していたのだろうか。殺す機会をどこかでじっと狙っていたのか。仲よしだった二人は、龍飛崎で凶行に遭った。凶行からみて犯人は一人だったようだ。犯人がどちらを先に襲ったかを小仏は考えた。青森県警の鑑識によると、先に襲われて殺されたのは桑畑だとなっている。

犯人は、桑畑だけを殺すつもりで襲いかかったのではないか。そばにいた大杉は、棒を持って桑畑を殴った犯人につかみかかったにちがいない。桑畑は反抗できずに倒れた。犯人はつかみかかってきた大杉をも殴ろうとした。大杉は逃げた。が、犯人は追いかけてきて、桑畑にしたのと同じように棒をふるった。大杉は、桑畑より二時間ほど後に息を引き取ったことが分かっている。

この凶行から、犯人は比較的若い男と小仏は判断した。桑畑松市に深い恨みを抱いていて、比較的若い男。男と判断しているのは、おうとつの激しい地形の場所を、棒をにぎって男を叩き、逃げる男を追いかけて叩き殺しているからである。

「桑畑さんにかかわりがあって、比較的若いか。……だれだろう」

イソは膝に両肘《ひじ》をつき、顔の前で手を合わせた。

「桑畑さんは、エミちゃんのお供で長崎へ行った。桑畑さんは永井隆博士の如己堂の前で、手を合わせたり、何度もおじぎをした。それは如己堂へのお参りではなく、すぐ近くの唐木田家へ謝っていたのだった。唐木田家は眉さんの実家だからだ。謝っていた理由は、二十年前一緒に旅行した龍飛崎で眉さんを失ったからだ。……彼は八十三歳になって、いつ倒れるか分からないと思うようになった。それで長崎行きを決意した。唐木田家に向いて手を合わせたということは、不注意から眉さんを失ってしまったという思いがあった。彼女がどんな気持ちで毎日を過ごしていたかを、酌んでやれなかったからだ。彼女は、夫と子どもを裏切っていた。その呵責《かしゃく》に耐えられなくなって、海へ飛び込んだ。……龍飛崎へ行きたいといったのは、眉さんのほうだったと思う」

イソは珍しくなめらかに喋った。

「桑畑さんと大杉さんは、最後の旅行になってしまったけど、浅虫や龍飛崎へ行くというのは、どちらがいい出したんでしょうか」

エミコが、イソの顔を見ながらいった。

「大杉さんが行きたいっていったと思う。桑畑さんは大杉さんに誘われたが、ほんとうは行きたくなかったと思うな。だけど行かないと、なぜだときかれそうだ。だから同行した。……龍飛崎に着いた桑畑さんは震えていたんじゃないかと思う。眉さんの行方不明はたぶん自殺だろう。だが六年前にカメラマンの伊浦さんが死んでいる。伊浦さんは断崖を転落したんだが、もしかしたら桑畑さんが突き落としたのかも。彼は転落する直前、だれかと立ち話していたことが目撃されている。それは桑畑さんだったことが考えられる。桑畑さんは伊浦さんの転落を見たかどうかは分からないが、二人が向かい合っていた場所からは姿を消していたらしい。したがって伊浦さんの死は、事故なのか事件なのか分かっていない」

イソは一気に喋ると水を飲んだ。

小仏は黙って三人の話し合いをきいているうち、門倉眉の風貌《ふうぼう》を頭に描いた。そこはかとなく色気のある器量よしだったといった人が何人もいた。

　彼女は夫の門倉洋祐に素行を疑われて追及された。隠しきれないところがあって、勤務地へときどき訪れていた顧客の男性と親しくなっていることを白状した。洋祐は彼女を殴ったり蹴るかわりに、『すぐにこの家を出ていけ』と追い出した。仕事を理由に夫と子どもを裏切っていたからだ。家から追い出された眉は、友人に助けを求め、友人宅に泊めてもらっていた。そのとき一人息子の高直は十四歳だった。

　家を飛び出した後の眉が、洋祐と連絡を取り合っていたかどうかは不明だ。彼女の友人緑川淳子や近所の人の観察だと、家を追われたあとの眉は、洋祐とも高直とも会っていないようだった。

　眉はアパートを借りて住み、勤務先のイングランドへは通勤していた。独り暮らしをはじめて何か月か後、眉は淳子に電話で、青森へ旅行すると伝えた。青森のどこへ行くのかなどを淳子はきかなかった。親しくしている人と一緒の旅行にちがいないと思っただけだった。後日、淳子は眉の旅行先について詳しくきいておかなかったことを後悔した。眉が帰ってこなかったからだ。当然だが眉に電話しても、つながらないまま日にちがすぎた。淳子は眉の実家である長崎の唐木田家へ、眉と連絡が取れなくなっていることを伝えた。

　眉の消息はぷつりと切れた。雲にのって天上へ消えてしまったかのように、なにも分からないままになった。

2

小仏は、門倉姓のまま消息を絶った眉と関係のあった人を頭に浮かべた。まず浮かんだのが夫だった門倉洋祐。次に息子の高直。高直は就寝中に母の眉がいなくなったのを、翌朝、父の洋祐からきいたにちがいない。そのとき高直は泣いただろうか。中学生の彼はその日も登校しただろうか。登校できなかったろうと小仏は想像した。いったん登校したが授業に集中できなくて早退したかもしれない。母に関する消息は以来、彼の耳には入らなかったのではないか。

洋祐も高直も、眉がいたときと同じ場所に住んでいる。小仏は先日、隣家の主婦に父子の暮らし向きをきいた。

『高直さんは、おとなしくて、いつも下を向いているような人です。勉強のできる子だったようで、工業大学に入ったけれど、二年ぐらいで中退してしまいました。そのあとは会社員になったらしくて、スーツ姿で通勤していましたけど、途中からジャンパー姿で自転車に乗って出掛けるようになりました』

と主婦はいった。高直は仕事を変えたように見えたのだ。

彼は二十七、八歳のときに結婚した。

『色白で肉づきのいい可愛い顔のお嫁さんでしたけど、二年ぐらいで離婚したのか、いなくなりました。結婚したときは、うちへ挨拶にきましたけど、出ていったときはなんの知らせもありませんでした』

と、主婦は記憶を語った。

最近のことだが、門倉家には月に一度ぐらい三十歳ぐらいの女性が訪れる。その女性は買い物に行ったり、家のなかの掃除などの家事をし、そのあと洋祐、高直父子と一緒に酒を飲んでいるという。主婦はその女性が酔って足をふらつかせて帰る姿を見たことがあるというから、そう遠くに住んでいる人ではなさそうだ。

それと洋祐の実家は近そうである。眉がいなくなったあとしばらくは、洋祐の母親がきて家事をしたり高直の面倒をみていたという。

小仏は、門倉高直の職業なり勤務先をつかむことをイソとシタジに指示した。聞き込みをせずにつかむには尾行が一番だ。それを小仏と三人でやることにした。

朝七時から世田谷区池尻の門倉家が見える地点に車をとめて、高直が自宅を出てくるのを待った。

八時三十分、洋祐が自宅を出てきた。紺のスーツ姿だ。姿勢がよく、歩きかたは速かった。神経質で几帳面《きちょうめん》そうだ。約七分で池尻大橋駅に着いた。大田区の会社へ向かったようだ。

八時五十分、黒い革ジャンパーの高直が裏口から出てきた。身長は百七十センチ近くで痩せている。シタジが彼を撮影した。彼は銀色の自転車に乗った。細いタイヤの高級自転車だ。約五分走って古そうな灰色のビルに着くと、自転車をガレージ内へ押し込んだ。そのビルの壁には［中西建設株式会社］の看板がはめ込まれている。

ビルの前へ小型トラックが着いた。薄茶色のジャンパーを着た高直が、その車の助手席に乗った。渋谷駅の近くの駐車場へ車をとめた。その駐車場には会社名の付いた車がぎっしりとまっていた。高直は車を運転していた男と一緒に鉄の骨組みの下へもぐり込んだ。そこはビルの建設現場だ。高直はビルの建設現場で作業員として働いているらしい。

太い鉄の骨組みの脇にプレハブの事務所があった。小仏はそこのドアを入った。作業衣姿の男が二人、パソコンの画面をにらんでいた。

五十歳ぐらいの男に、門倉高直という作業員のことを尋ねたいというと、

「どこの会社の人ですか」

ときかれた。

「中西建設です」

「中西建設は、耐震設計を受け持っていますが、ここには現場事務所を設けていませ

ん」

といわれた。

小仏たちは中西建設へもどった。イソとシタジを車に残して小仏が聞き込みのために会社へ入った。

薄茶の制服を着た社員が五、六人いて、若い女性が小仏の前へ出てきた。

「こちらに、門倉高直さんという人が勤めていますね」

小柄な女性社員は上目遣いをして、「います」と、小さい声で答えた。

「門倉さんについてききたいことがありますので、詳しいことを知っていらっしゃる方にお会いしたい」

小仏はいいながら名刺を渡した。

名刺を受け取った女性は、小さなからだを縮めるようにして足早に奥へ引っ込んだ。電話を掛けていたようだったが、また小走りにやってきて、「二階へどうぞ」といった。

二階には応接室があって、すぐに体格のいい五十半ば見当の男が入ってきた。水原《みずはら》という名で肩書きは常務だった。

「門倉についてなにかお調べのようですが」

水原は太い声を出した。

「門倉さんの最近のことをおききしたいのです」

　小仏は低い声でいった。

「なぜですか」

「気になることがあったからです」

「気になること。……まあ、お掛けください」

　二人はテーブルをはさんで腰掛けた。

「どうしても知りたいことを先におうかがいします」

「なんでしょう」

「門倉さんは、十月二十一日に出勤していますか」

「調べますが、なにがあった日ですか」

「高齢の男性が二人、殺された日です」

「殺人事件。……どこで……」

「龍飛崎です」

「きいたことのある地名ですが、どこでしたか」

「青森県の津軽半島。そこの最先端です」

　水原は上半身を起こすと、小仏の顔を見直すような目をした。

「その事件に門倉がと……」

「あるいはと考えました。それで確認をお願いします」

水原はわずかに首を曲げた。殺人事件のアリバイ確認に私立探偵がやってきた。なぜなのかと首をひねっているように見えた。

「小仏さんは、元は警察官だったのでは……」

水原は小仏を見据えてきいた。

「警視庁におりました」

「そうでしょう。質問のしかたで分かりました。じつは私も警官上がりです。この会社の社長が親戚でして、勤めてくれないかと頼まれたんです」

小仏は、今回の調査は警察の捜査協力だと話した。

水原は、門倉高直の出勤状況を確認してくるといって、部屋を出ていった。
五、六分して応接室にもどってきた水原の顔は蒼みをおびていた。
「門倉高直は、十月二十一日と二十二日に休んでいました。十九日が土曜でしたから四日間は会社に出てきていませんでした」

門倉が疑われたのはどんな点からだと水原はきいた。

小仏は、高直の母親である眉のことを話した。眉は桑畑松市と龍飛崎へ行ったにちがいなかった。彼女は自殺を決心して桑畑を青森旅行に誘ったことも考えられる。

彼女は、夫と息子を裏切り、桑畑の家族の平和を逆撫《さかな》でするようなことをしている罪に、耐えられない女だったのではないか。

高直からすれば、自分と父に嘘をついて暮らしていて、男との関係がバレたので、家を出ていった不貞の母だったということになる。

「それは知りませんでした。だいぶ前ですが、私は門倉に家族のことをきいたことがありました。彼が独身だったからです。そうしたら彼は、『うちには母親がいない』といったので、亡くなったのかと思ったら、両親は離婚したのだといいました。離婚の原因まではききませんでしたが……」

高直は中西建設に十年あまり勤務している。彼は国立の工業大学を中退している。その理由を水原はきいたことがあった。すると、『どういう訳か気持ちが沈んで、暗闇のなかにいるような気分に襲われる日がつづくことがあったので、病院へ行った。医師はそれまでの病歴や家庭環境などをきいたが、特効薬はないといって、軽い睡眠薬を処方してくれた。勉強に集中もできなかったので、一か月ばかり登校しなかった。大学からは登校しない理由を文書できかれたが、それには応えず、退学の手続きをした』と語った。

その後も、暗闇のなかにいるような気分になる日があるのかときいたところ、その病状はいつの間にか消え、『いまは起こらない』と答えた。

大学を中退すると、三軒茶屋の居酒屋へ勤めた。半年ほど経ったころから、魚を煮たり焼いたりする匂いが、鼻につくようになり、その匂いの嫌悪感から店へ出勤するのが嫌になった。それを店長に話すと、『慣れだ。慣れてくれば気にならなくなる』といわれたが、『臭《にお》いに耐えられない』といって辞めた。

父は、神経を病んでいるような高直の症状を気にして、『旅行でもしてこい』といって、まとまった現金をくれた。彼はめったに乗らなかった自宅の古い車を運転して、目的地を定めない旅に出た。北へ北へと向かって、北海道を西海岸から東海岸へと一周した。少しも走らず、一日中海を眺めていた日もあって、二週間ほどで帰ってきた。

父は、時計の振り子のような毎日をすごし、休日は散歩してもどると、安楽椅子に腰掛けて読書していた。それは何年経っても変わらない習慣だった。

中西建設の社員募集は新聞広告で知った。『陽焼けしているが、スポーツをやっているのか』と面接の担当者にきかれた。履歴書を出した高直は、八月に北海道旅行をしてきたからだと答えた。

担当者は、彼が工業大学を中退している点を気にしたらしく、『犯罪に関係はしていないだろうね』ときいた。彼は、精神の不安定から勉強に集中できなくなったのだ、と答えた。

ビルの建設現場を丹念に見る仕事という説明を受けて採用された。三か月は試採用といわれた。高直は一日も休まず、遅刻もしなかった。

ビルの建設現場で、鉄骨の組立て具合や強度を測る作業に就いているが、現在は、工業大学や大学の工学部を卒業して入社した社員の指導にもあたっている。

3

小仏とイソとシタジは、車に乗って中西建設を張り込んでいた。

冬の日暮れは早く、午後五時前には暗くなった。

会社の前で小型トラックがとまった。助手席から降りて、会社内へ飛び込むように入ったのは門倉高直だった。車は走り去った。会社の近くに駐車場があるのだろう。

三人ともほとんどものをいわなかったが、午後六時十分、高直が長身の若い男と肩を並べて会社の玄関から出てきた。高直は革のジャンパーを着ていた。彼はガレージから自転車を出し、長身の男と並んで歩きはじめた。

会社から百メートルばかりはなれたところで、小仏が、

「門倉さん」

と、背後から呼んだ。

高直の肩がぴくりと動いた。自転車のハンドルをにぎったまま振り向いた。

「お疲れのところすみません。門倉さんにおききしたいことがあります」

長身の男は二十代のようだ。小仏に丸い目を向けていたが、

「ぼくは、ここで、失礼します」

といって逃げるように去っていった。

「私になにをききたいんですか」

高直は、ハンドルをにぎった手に力を込めたようだった。

「会社へもどって、自転車を置いたらどうですか。ききたいことが山ほどあるので」

小仏はそういうと、名刺を高直の胸の前へ突き出した。

高直は街灯の灯《あか》りに名刺をかざした。

「探偵事務所が、私になんの用ですか」

「車のなかで話をしましょうか」

イソの運転する車が、小仏と高直の横にとまった。シタジが降りた。

「あなたたちは、私をどこかへ連れていこうというのか」

高直は怯《おび》えているようだった。

「自転車をあずけてきてくれ。そしたら、車のなかで話をきく」

小仏がいうと、高直は首をすくめた。彼は自転車を曳《ひ》いた。歩いて会社へもどり、のろりとした動作で自転車をガレージに入れた。抵抗の意思はないようだった。

彼は会社の水原常務から、小仏が訪ねてきて、出勤日を尋ねられたことはきいてい

ないらしい。

高直は、いやいや小仏たちの車に乗った。運転はイソ。助手席にシタジ。高直を押し込んだリアシートに小仏が乗った。三百メートルほど走るとコンビニの横に十台ぐらいが入れる駐車場があった。防犯カメラの下をくぐっていちばん奥へとめた。

シタジが降りてコンビニへ駆け込んだ。彼はボトルの熱いお茶を四本買ってきて、一本を高直の膝にのせた。高直はなにをきかれるのかと内心震えているにちがいなかった。

小仏がお茶を一口飲んで切り出した。

「十月二十一日と二十二日、あなたはどこにいましたか」

「どこにいたかなんて、そんなことをどうしてきくんですか。警察官にきかれても、答えませんよ」

「十月二十一日は重大事件が起きた日だからきくんです」

「どんな事件か知らないが、私は関係がない」

高直は、お茶のボトルを胸に押しつけた。

「その日、どこにいたかだけ答えてください。あなたは、二十一日と二十二日、会社を休んでいる」

「からだの具合が悪かったので、休んだんです」

「休んで、どこにいたんですか」

「自宅にいた。寝ていたんです」

「それを証明してくれる他人がいますか」

「私は、父と二人暮らしだ。他人はいない」

「お父さんは、あなたが体調を崩して寝《やす》んでいたことを知っていますか」

「それは、知っています」

「家族のいうことは信用できないが、念のためにお父さんにあたりますが、いいですか」

「警察でもない者が、そんなことをしていいものですか」

「私たちは、警視庁の委託を受けている。だからこうして、あなたに質問しているんです。……私のいう重大事件とはどんな事件かを、話しましょうか」

小仏は高直の横顔をにらんだ。

高直は唇を噛んでいた。無言である。

小仏は、重大事件を語ろうかともう一度いった。が、高直はなにもいわず下を向いた。

「事件は報道されたので、よく分かっていると思うが、青森県津軽半島の龍飛崎で発生した」

小仏は言葉を切り、高直の横顔を観察した。高直は俯いた顔を少し窓のほうへかたむけた。薄暗がりのなかでは彼の唇はわずかに震えていた。抵抗も反論もしないが、この場から逃げ出したいのを必死にこらえている顔だった。いまに絶叫して暴れはじめるかもしれなかった。

「十月二十一日の日中は風は強かったが、陽差しはあったということです。そこには階段国道がある。そこを高齢の男が二人、下りるか上るかしていたような……」

高直はからだを揺すった。ドアを開けると転がるように外へ出、二、三度跳ねるようにして駆け出した。イソとシタジが車を降りた。

「追いかけるな」

小仏が叫んだ。

「あの男、自殺するかも」

イソがいった。

「いいから追いかけるな」

小仏はそういうと、安間に電話した。容疑をかけた男を捕まえ、話をききかけたところだったが逃がしてしまった、と話した。

安間がそれはどういう男かときいたので、氏名と住所と職業と両親の名をいった。

母親は二十年前に夫に追い出されたために一人暮らしをしていたが、数か月後、青森へ旅行すると友人に告げ、それきり行方不明になったと話した。

桑畑松市と大杉昌比古が殺害された日とその翌日、その男は会社を休んでいた、とも話した。

「事件の日、その男が会社を休んでいたというだけでは事件関係者だとはいえない。その男が事件当日、事件現場か、その付近にいたという証拠をつかんでくれ」

安間はいままでになく冷たい声でいって電話を切った。

「あした、龍飛崎へ行くぞ」

小仏は、イソとシタジの背中にいった。

「また……」

イソが前を向いたまま吐き出すようにいった。


小仏とイソは、またも早朝の東北新幹線に乗った。車内で朝食の弁当を食べると、二人とも腕組みして眠った。これまでのように奥津軽いまべつで降りて、レンタカーで龍飛崎へ向かった。

きょうの津軽半島の空は灰色の厚い雲におおわれていた。いまにも雪が横に条を引きそうだ。三厩湾は波立つ岩にしぶきを高く上げていた。きょうもまた押し黙っているような黒っぽい家が並ぶ集落を抜けた。

一息いれるためかイソは、波の音がきこえるところで車をとめた。波打ちぎわに立って股を広げると、黒い岩を並べたような海に向かって大声を上げた。

「おおい、おおい、帰ってこい。きょうは雪になるぞ。早く帰ってこい」

と、張り裂けるような声で沖を呼んだ。

［津軽海峡冬景色］の歌碑の前へ着いた。二人は車を降りた。どこにも人影はない。灰色の雲の下を白い雲が東へと流れていく。

「ごらんあれが竜飛岬北のはずれと」

イソが東の海に向いてうたった。

白い小型トラックがやってきて、円形屋根の建物の脇にとまった。赤い服を着た人が車を降りた。その車の到着を待っていたらしい男女が駆けるようにやってきて、なにかを買うと、背中を丸くして建物へもどった。

赤い服の人は腕をぐるぐるまわす運動をしていた。その人は三十年ぐらい毎日ここへ食品を売りにきている中平まり子だ。

小仏とイソは彼女に近づいた。

「ああ、この前、お会いしたお二人。きょうもまたなにかを調べに……」

まり子は微笑を浮かべた。

「十月二十一日もここへきていましたか」

小仏がきいた。

「お天気の悪い日でなければ、わたしは毎日」

イソがカメラを取り出した。きのう、門倉高直を撮影した画面をまり子に向けた。

彼女は、小仏とイソの顔を見てからカメラの画面に注目した、

「あっ、この男の人、見た憶えがあります。ここの前を何度か行ったり来たりしていました」

「それは、何日でしたか」

小仏がきいた。

まり子は首をかしげたが、なにかを思い付いたらしく車の運転席に首を突っ込んだ。縦十五センチぐらいのノートを取り出してめくった。なにかの覚え書きがしてあるらしい。あるいは売り掛けを記録してあるのか。

「十月二十一日でした」

まり子はノートを見て答えた。

「まちがいないですね」

「思い出した。その日は事件があった。東京からきていたという年配の男の人が二人、あそことあそこで殺されたんです」

彼女は桑畑と大杉が遺体で発見された地点を指差した。

「その日のこの男の服装を憶えていますか」

「服装……」

憶えていないといってから、

「痩せていて、わたしの気のせいか、どこかを病んでいそうな感じに見えたのを憶えています。それから、だれかをさがしていたのか、何度かここの前を通りました」

彼女は、記憶に自信があるといういいかたをした。

小仏とイソは、その彼女の話にうなずき合った。風が唸った。倒されそうになるのを足を踏ん張ってこらえた。

階段国道を漁港へと下った。岸辺につながれた漁船がきしむような音をさせていたが、ここには強い風が吹きつけてはいなかった。人は寝静まっているのか一人の姿もない。

赤い屋根の家へ声を掛けた。なかから、「どうぞ」と男の声がした。

この前会った漁師の男が、ストーブの前で網をつくろっていた。岸壁で釣り上げた小魚を焼いて食べさせてくれた男である。この人に会うのは三度目だ。彼は小仏とイソを見て、「きょうはどんな用事か」という顔をした。

イソがカメラのモニター画面を見せ、写っている男に見憶えがあるかときいた。

男はじっと見てから、見掛けたような気がするといって、天井に目を向けて考える顔をした。

「思い出した。階段国道を下りきったとこに立っていた男だ。三十分も四十分も同じ場所に立っていた。だれかを待っていたのか、じっと立っていた。それで憶えているんだ」

「それは、いつでしたか」

小仏がきくと、十月下旬だったと答えた。

4

最終列車で日帰りした。イソは一泊のつもりだったにちがいないので、文句を並べるだろうと小仏は予測していたが、気味が悪いほどなにもいわなかった。

イソは帰りの列車内でカメラを取り出すと、モニター画面に見入って、

「この男が……」

とつぶやいた。

この男は門倉高直である。カメラの画面を見た中平まり子は、高直を見掛けた印象を、どこかを病んでいそうな人といっていた。

高直は龍飛崎で桑畑松市の行動を監視していたにちがいない。桑畑は大杉昌比古と

ともに、階段国道を下りて漁港へ行ったり、高台に据わっている灯台を見たりしていたにちがいない。そのようすを高直は、少しはなれたところから見つめていたのだろう。その姿が中平まり子や老漁師の目にとまったのだ。

小仏は自宅のベッドにもぐり込んだが、寝入っていなかった。寝返りをうつと肩口からシマオがもぐり込み、小仏の横腹のあたりでもぞもぞ動いていた。

小仏の目の裡《うち》には門倉高直の瘦せた顔が映った。高直は小仏に目を据えて、さかんに抗議するようなことをいっていた。

夜が明けた。いつもより早いがベッドを抜け出して、水を飲み、シマオに餌をやった。

玄関ドアに新聞が差し込まれる音がした。五、六分経つとシマオがドアのほうへ走っていった。人の気配を感じたようだった。

忍び足をするように入ってきたのはイソだった。

「あれっ。もう起きてたの」

「おまえこそなんだ、こんなに早く。盗っ人みたいな格好じゃないか」

「ゆうべはよく眠れなかったの。考えてみたら、夕メシをしっかり食っていなかったし、ちゃんと酒も飲んでいなかった」

イソはそういって、レジ袋に入った物をテーブルに落とすように置くと、湯沸かしポットをオンにした。

レジ袋の中身はノリで包まれたにぎり飯三個。

「一個は所長の分」

「朝は早いし、ヘンに気が利くし。どっかが悪いんじゃないのか」

ポットが湯気を上げるとイソはお茶をいれた。彼がそんなことをしたのは初めてではないか。

冷蔵庫から梅干しを取り出してくると、

「はい、どうぞ」

といった。

小仏の朝食はトーストに薄切りのハムとチーズだったが、けさはイソが買ってきたコンビニのにぎり飯だ。芯《しん》に入っていたのはコンブだった。

イソは口を動かしながらコーヒーを沸かした。

「おれ、気になることがあるんだ」

イソはコーヒーをカップに注ぎながらいった。

「なんだ。いってみろ」

「門倉高直が自殺するんじゃないかって。おれ、ゆうべ、高直が川だか海へ飛び込む夢を見たの。おれは、それをただ見ていただけだった」

小仏もそれを考えないわけではなかった。昨日、龍飛崎で二人から、十月二十一日に高直を見たという証言を得ていた。それできょうは高直に再度会って、龍飛崎の事件を追及するつもりでいたが、ひょっとするとそれは手遅れかもしれない。

まだ杉並区天沼の自宅にいるにちがいない安間に電話を入れた。

「早いな」

安間は朝食の最中らしかった。彼は、妻と大学生の長女と高校生の次女との四人暮らしだ。湯気の立ち昇る味噌汁を飲んでいたことだろう。

「仕事のことだ」

小仏がいった。

「いってくれ」

小仏は、十月二十一日の日中、龍飛崎で門倉高直を見たと証言した人が二人いたことを報告した。

「そうか、了解した」

安間はそれだけいって電話を切った。彼は本部に連絡し、捜査員を世田谷区池尻の門倉家へ向かわせるだろう。

きょうは全員そろっているのでとエミコがいって、昼食にチャーハンをつくった。スープもついた。チャーハンを一口食べたイソが、

「點心亭《てんしんてい》のよりずっと旨い」

とほめたところへ、安間から電話があった。

「門倉高直を朝から本部へ呼んで、龍飛崎での事件を追及したところ、正午に、桑畑松市さんと大杉昌比古さんを殺害したことを自供した。……小仏と事務所の皆さん、ご苦労さまでした。小仏には容疑者の自供内容を話したいので、夕方、本部へきてくれないか」

と穏やかないいかたをした。

小仏が案内された会議室へは、安間警部と野溝《のみぞ》管理官がやってきた。二人ともネクタイをきちっと結んでいた。

野溝は小仏に、「ご苦労さまでした」と頭を下げた。

門倉高直の自供内容は安間が語った。

取調官が、龍飛崎で高齢の二人を殺したことを認めるか、と追及したところ、高直は約一時間、口を固く閉じてなにも答えなかった。

桑畑松市と大杉昌比古を以前から知っていたのかという質問にも、十月二十一日の

日中、龍飛崎にいたあんたを見た人が複数人いるのだという追及にも、高直は答えず、俯いて何度か唇を嚙んだという。

　交替した取調官が、

『あんたは、ずっと前から桑畑松市さんを知っていたね』

ときいたところ、高校生のころに名前を知ったと答えた。

『お母さんと親しかった人ということも知っていたのか』

ときいたところ、

『父が母を追い出したことが分かっていたので、母に不貞があったのだろうと察しがついたし、祖母が、「眉さんがそんなことをする人だとは考えてもみなかった」といったことから、自分の推測はあたっていたと思いました』

と答えた。

『では、桑畑さんを長いあいだ恨みつづけていたわけか』

『ときどき思い出すことがありました』

『桑畑さんの勤務先も知ったんだね』

『祖母が知っていました』

『あんたのお母さんは、旅行に出たまま帰ってこなくなったのだが、どこでどうなったのかの見当がついたのか』

『見当なんてつきませんが、母は桑畑と一緒に行ったところで、過って死んだのではないかと想像しました。死んだのに死体が見つからなかったんですから、それは海だろうと推測しました。もしかしたら桑畑は母のことが邪魔になったので、海へ突き落としたのかもと思ったこともありました』

高直は、取調官の胸のあたりに視線をあてて、ほとんど表情を変えずに答えたという。

『あんたは、桑畑さんの勤務先を知っただけでなく、彼を見に行ったこともあったな』

『会社へ見に行きました』

『どうやって桑畑さんを確認したんだ』

『パスコニアクラブの受付で、桑畑さんに会いたいといいました』

『本名を名乗ったのか』

『いいえ。思い付いた偽名を伝えました』

五、六分後に一階のロビーに出てきた男は、周りをきょろきょろと見渡したり、受付係に話し掛けたりしていた。その姿を高直は桑畑の死角から観察していたという。

『どうして桑畑さんを確認する気になったんだ』

『どんな男なのかを知りたくなったんです。……桑畑は、私の母を殺した人間かもしれないからです』

『桑畑さんを直《じか》に見て、どんな感想を持った』

『年配の人だったので、意外でした。父よりもずっと歳上でした。どうして母が、父より歳上の人と親しくなったのかが不思議でした』

『桑畑さんを見に行ったのは、一度ではないな』

『毎年、一回は見に行きました』

中野区新井の住所も突きとめたという。

『桑畑さんに会って、お母さんについて話をきこうとは思わなかったんだな』

『話なんかする気にはなりませんでした』

『住所を突きとめたということは、桑畑さんに対して、なにかをしようと考えていたんだな。たとえば危害を加えようとか』

『有効な方法はないものかと、考えたことはありました』

『たとえば、なにをしようと考えたんだ』

『具体的になにをしようと考えたことはありません。ただなんとなく憎い人でした。いつ見ても、光っているようないい服を着ていましたので、それも憎らしかった』

『龍飛崎であんたは、桑畑さんを叩いて殺した。傷は三十数か所にわたっていた。桑畑さんはたぶん倒れて動けなくなったと思うが、それでもあんたは彼に向かって棒を振り下ろした。憎かったので叩きつづけたのか』

『そうです。憎くて、憎くて……』

高直は正面を見ながら涙をためた。

取調官は、なぜ桑畑を殺害する気になったのかをきいた。

――高直には大堀紗希《おおぼりさき》という二十六歳の恋人がいた。交際しはじめて二年経っていた。二人は話し合って結婚を決めた。彼女は、両親と弟に会ってもらいたいと高直にいった。彼は承知して、十月の日曜日に彼女の自宅を訪ねた。デパートで手みやげを買った。

板橋区の彼女の家は、バス通りに面していた。父の先代からの家ときいていたとおり、壁も建具も古く、玄関には補修の跡があった。

高直が約束の時間どおり到着すると、紗希が出迎えた。が、彼女の目は真っ赤になっていた。目を痛めたのかときくと、彼女は首を横に振っただけだった。そしていつもより彼女の態度は硬く、彼をまともに見ていなかった。

彼は和室に通された。そこには彼女の両親と陽焼け顔の弟がいたが、三人とも石のように硬く冷たく見えた。なぜか紗希はその部屋へ入ってこなかった。

あらためて父親が頭を下げたが、その態度はぎこちなかった。

『門倉さんには、わざわざきていただいたが……』

父親は切り出して言葉を途切らせた。なにか不快なことをいい出すにちがいないと、高直は身構えた。

『娘と結婚の約束をしたということですが、それを解消してください。それからお付合いをやめてください』

高直はすぐには返事ができなかった。彼は大学を中退していた。それがいけなかったのか、容姿に問題があるのか、父と二人暮らしが気に入らないのかと、数分のあいだ自問自答していた。

『なぜですか。私は、紗希さんといい争いをしたこともなかった』

『あなたのご両親は、あなたが子どものころに離婚なさったということですが、そうでないことが分かりました。……たとえば紗希との婚礼の席で、お婿《むこ》さんのお母さんはどうしたのかときく人がいる。そのとき、なんと答えればいいのか。……あなたはお父さんと二人きりの暮らしをしているときいたので、失礼だがお母さんはどうしたのかを、そっと調べてもらった。……ふしだらなことをしていたお母さんの血を受けている人のところへ、娘を嫁がせることはできないんです』

紗希の母親は、高直が持っていった手みやげを押し返した。

高直は、自分は生きている価値のない人間だと感じた。真面目に働いていても、だれにも評価されない人間なのだと思うと、あしたを生きていく気がしなかった。

5

高直は、大堀家からつっ返された菓子の包みを提げて、夜の道をとぼとぼと歩いた。雲のない東の空に三日月が浮かんでいた。鉄道線路に沿った道を歩きつづけた。駅をいくつか越えていた。電車が音を響かせて行き来した。歩いてきた道を振り返った。それまで積み重ねてきた予定や約束事のすべてが帳消しになった気がした。

紗希と結婚の約束をしてからは、その後の生活を彼女はさかんに語った。マンションよりも一戸建てを買い、二人で働いてローンを払っていこう。子どもは二人欲しいともいった。新婚旅行はしなくてもいいけど、もしも行くとしたらニュージーランドがいいと、青空を仰ぐような目をしたことがあった。

それもこれもふいになったと舌打ちした瞬間、光ったスーツを着た男が、目の前を不作法に横切ったような気がした。次の瞬間、桑畑松市の姿が浮かんだ。とても八十代には見えず、背筋をぴんと伸ばして歩いていた。

高直は桑畑のスキをうかがうことにして土曜日の十月十九日に自宅に張り込んだ。午前十時すぎ、桑畑はトレーニングパンツにスニーカーを履いて自宅を出てきた。

哲学堂公園方面へ歩いているところへ電話が掛かった。車が走っている道路沿いだからか、彼は大きな声で話していた。彼に近寄って耳を立てると、『あしたは青森に行くので、何日かあとにしてくれないか』と相手にいっていた。高直は期せずして、桑畑のスケジュールをつかんだことになった。

彼は眠れない夜をすごした。そして日曜の早朝、桑畑の家をタクシーで張り込んだ。桑畑は羽田空港で同年配の長身の男と落ち合って、青森へ飛んだ。青森空港からはタクシーで浅虫温泉へ行った。

浅虫温泉では山添いに建つホテルが窓を海のほうへ向けていた。高直は彼らが入ったホテルより一段下の位置に建つホテルに泊まった。次の朝はタクシーの車内から二人が出てくるのを待機した。

翌朝、桑畑と長身の男は、列車とタクシーを乗り継いで津軽半島最先端の龍飛崎に着いた。そこが二人の旅行の目的地だったようだ。

二人は、青函トンネル記念館を見学して出てきた。長身の男はにこにこ顔をして桑畑に話し掛けたり、長い腕を伸ばしてなにかを指差したりしていたが、桑畑のほうはなんとなく浮かない表情をしているようだし、歩く足も重そうに見えた。

高直は、二人の後を尾けながら桑畑が独りになるのを待った。

二人は階段国道を下りかけたが、桑畑はなにかを思いついたように階段ぎわの丘の上に登った。海と漁港を見下ろせる場所だった。高直は桑畑を追って丘に登る途中、枯れた木の枝の棒を拾った。海を向いている桑畑の背中に声を掛けた。『桑畑松市』と呼んだ。風が唸って桑畑を倒そうとした。『きみは』と、桑畑は問い掛けたようだったが、高直はつかんでいた枯れ枝を彼の腰へ打ちつけた。桑畑は訳の分からない声を上げた。次に腹を叩き背中を打って倒した。仰向けになった。両手をぶるぶると震わせた。その胸を何度も何度も叩いた。桑畑のうめき声を風がさらっていった。

長身の男がわめき声を上げて襲いかかってきた。『きみは何者なんだ』といったようだった。高直は今度はその男に向かって枯れ枝の棒を横に振った。腕にあたった感触があった。男は背中を向けて逃げた。後ろを振り返っては逃げたが丘の上で膝をつき、荒い息をしていた。高直はその背中に枯れ枝の棒を打ちつけた。風が笛を吹き、枯れ草をなぎ倒した——

東京へ帰る列車のなかで電話が鳴った。紗希からだった。高直は呼び出し音をきいていた。東京へ着くまでに紗希からの電話は三回鳴った。彼は応えなかった。

2019年6月　ジョイ・ノベルス（実業之日本社）刊

本作品はフィクションであり、実在の個人および団体とは一切関係ありません。

（編集部）

実業之日本社文庫　最新刊

蒼山 螢
後宮の宝石案内人

輝峰国《きほうこく》の皇子・晧月《こうげつ》が父の後宮で出会ったのは、下働きの風変わりな少女・晶華《しょうか》。彼女の宝石への知識と愛は常軌を逸していて……。痛快中華風ファンタジー！

あ26 1

梓 林太郎
津軽龍飛崎殺人紀行　私立探偵・小仏太郎

長崎の旅から帰った数日後、男ははるか北の青森・津軽龍飛崎の草むらで死体となって発見された。殺された男の足跡をたどると、消えた女の謎が浮かび――。

あ3 16

五十嵐貴久
マーダーハウス

希望の大学に受かり、豪華なシェアハウスで暮らすことになった理佐の平穏な日々は、同居人の不可解な死で壊れていく。予想外の結末、サイコミステリー。

い3 6

津本 陽
深淵の色は　佐川幸義伝

大東流合気武術の達人、佐川幸義。門人となった著者が天才武術家の生涯をたどり、師の素顔を通して神業に迫った渾身の遺作。（解説・末國善己、菊池 仁）

つ2 6

西村京太郎
十津川警部捜査行　東海特急殺しのダイヤ

犯行時刻、容疑者は飯田線に乗っていた!?　十津川警部が崩す鉄壁のアリバイ！　名古屋、静岡、伊勢路など東海地方が舞台のミステリー集。（解説・山前 譲）

に1 26

花房観音
ごりょうの森

平将門、菅原道真など、古くから語り継がれてきた日本の「怨霊」をモチーフに、現代に生きる男女の情愛の行方を艶やかに描く官能短編集。（解説・東 雅夫）

は2 7

南 英男
邪欲　裁き屋稼業

社会派ライターの真木がリストラ請負人の取材中に殺害された。裁き屋の二人が調査を始めると、事件の背景には巨額詐欺事件に暗躍するテロリストの影が…。

み7 23

睦月影郎
母娘と性春

独身の弘志は、上司に誘われて妖艶な母娘が住んでいる屋敷を訪れる。そこには、ある役割のため家の女と交わる風習があった。男のロマン満載、青春官能！

む2 16

実業之日本社文庫　好評既刊

梓林太郎
松島・作並殺人回路　私立探偵・小仏太郎
尾瀬、松島、北アルプス、作並温泉……モデル謎の死の真相を追って、東京・葛飾の人情探偵が走る！　待望の傑作シリーズ第1弾！（解説・小日向 悠）
あ31

梓林太郎
十和田・奥入瀬殺人回流　私立探偵・小仏太郎
紺碧の湖に映る殺意は、血塗られた奔流となった！——東京下町の人情探偵・小仏太郎が謎の女の影を追う、傑作旅情ミステリー第2弾。（解説・郷原 宏）
あ32

梓林太郎
信州安曇野　殺意の追跡　私立探偵・小仏太郎
北アルプスを仰ぐ田園地帯で、私立探偵・小仏太郎と安曇野署刑事・道原伝吉の強力タッグが姿なき誘拐犯に挑む、シリーズ最大の追跡劇！（解説・小梛治宣）
あ33

梓林太郎
秋山郷　殺人秘境　私立探偵・小仏太郎
女性刑事はなぜ殺されたのか!?「最後の秘境」と呼ばれる秋山郷に仕掛けられた罠とは——人気ミステリーシリーズ第4弾。（解説・山前 譲）
あ34

梓林太郎
高尾山　魔界の殺人　私立探偵・小仏太郎
この山には死を招く魔物が棲んでいる!?——東京近郊の高尾山で女二人が殺された。事件の真相を下町探偵が解き明かす旅情ミステリー。（解説・細谷正充）
あ35

実業之日本社文庫　好評既刊

梓林太郎
富士五湖 氷穴の殺人　私立探偵・小仏太郎
警視庁幹部の隠し子が失踪!? 大スキャンダルに発展しかねない事件に下町探偵・小仏太郎が奔走する。傑作トラベルミステリー!（解説・香山二三郎）
あ36

梓林太郎
長崎・有田殺人窯変　私立探偵・小仏太郎
刺青の女は最期に何を見た――? 警察幹部の愛人を狙う猟奇殺人事件を追え! 下町人情探偵が走る、大人気トラベルミステリーシリーズ!
あ37

梓林太郎
旭川・大雪 白い殺人者　私立探偵・小仏太郎
北海道で発生した不審な女性撲殺事件。解決の鍵は、謎の館の主人が握る――? 下町人情探偵が事件に挑む! 大人気トラベルミステリー!
あ38

梓林太郎
スーパーあずさ殺人車窓　山岳刑事・道原伝吉
新宿行スーパーあずさの社内で男性が毒殺された。山岳刑事・道原伝吉は死の直前に彼と会話をしていた謎の女の行方を追うが――。傑作トラベルミステリー!
あ39

梓林太郎
姫路・城崎温泉殺人怪道　私立探偵・小仏太郎
冷たい悪意が女を襲った――! 衆議院議員の隠し子失踪事件と高速道路で発見された謎の死体の繋がりは? 事件の鍵は兵庫に…傑作トラベルミステリー。
あ310

実業之日本社文庫　好評既刊

梓林太郎
爆裂火口　東京・上高地殺人ルート
深夜の警察署に突如現れた男は、頭部から血を流しながら自らの殺人を告白した。事件の手がかりは「カズコ」という謎の女の名前だけ…傑作警察ミステリー！
あ3 11

梓林太郎
函館殺人坂　私立探偵・小仏太郎
美しき港町、その夜景に銃声が響いた――。謎の女の存在がこの事件の唯一の手がかり？　人情探偵よ、逃亡者の影を追え！　大人気トラベルミステリー。
あ3 12

梓林太郎
反逆の山
拳銃を持った男が八ヶ岳へと逃亡。追跡が難航するなか、拳銃の男から捜査陣にある電話がかかってくる。犯人と捜査員の死闘を描く長編山岳ミステリー
あ3 13

梓林太郎
遠州浜松殺人奏曲　私立探偵・小仏太郎
静岡・奥浜名湖にある井伊直虎ゆかりの寺院で倒れていた男に名前を騙られた私立探偵・小仏太郎。謎の男の正体をさぐるが意外な真相が…傑作旅情ミステリー！
あ3 14

梓林太郎
天城越え殺人事件　私立探偵・小仏太郎
伊豆・修善寺にある旅館で働く謎の美女は何者？　身元調べを依頼された小仏だが、女の祖父が五年前に殺されていたことを知り――傑作トラベルミステリー。
あ3 15

実業之日本社文庫　好評既刊

内田康夫
砂冥宮
忘れられた闘いの地で、男は忽然と消えた――。死の真相に近づくため、浅見光彦は三浦半島から金沢へ。待望の初文庫化！　著者自身による解説つき。

う12

内田康夫
風の盆幻想
富山・八尾町で老舗旅館の若旦那が謎の死を遂げた。警察の捜査に疑問を抱く浅見光彦と軽井沢のセンセの推理は？　傑作旅情ミステリー。（解説・山前 譲）
う13

内田康夫
浅見光彦からの手紙　センセと名探偵の往復書簡
ある〝冤罪〟事件の謎をめぐり、名探偵と推理作家の間を七十九通の手紙が往来した。警察と司法の矛盾に迫る二人は、真相に辿り着けるのか――!?

う14

内田康夫
しまなみ幻想
しまなみ海道に架かる橋から飛び降りた母の死に疑問を抱く少女とともに、浅見光彦は真相究明に乗り出すが……。美しい島と海が舞台の傑作旅情ミステリー！

う15

辻 真先
夜明け前の殺人
千秋楽の舞台で主演女優が服毒死した。警察は自殺と断定するが、他殺を疑う弟が真相究明に乗り出す――レジェンドが二十世紀末に発表した傑作、初文庫化！

つ51

実業之日本社文庫　好評既刊

西村京太郎
十津川警部捜査行　日本縦断殺意の軌跡
新人歌手の不可解な死に隠された真相を探るため十津川班の日下刑事らが北海道へ飛ぶが、そこには謎の墓標が。傑作トラベルミステリー集。（解説・山前　譲）
に1 14

西村京太郎
十津川警部捜査行　伊豆箱根事件簿
箱根登山鉄道の「あじさい電車」の車窓から見つけた女は胸を撃たれ——伊豆と箱根を舞台に十津川警部が事件に挑むトラベルミステリー集！（解説・山前　譲）
に1 15

西村京太郎
十津川警部　八月十四日夜の殺人
十年ごとに起きる「八月十五日の殺人」の真相とは！謎を解く鍵は終戦記念日にある？　知られざる歴史の闇に十津川警部が挑む！（解説・郷原　宏）
に1 16

西村京太郎
十津川警部捜査行　阿蘇・鹿児島殺意の車窓
日本最南端の駅・鹿児島県の西大山駅で十津川警部の同僚刑事が殺された。捜査を始めた十津川に思わぬ妨害が…傑作トラベルミステリー集！（解説・山前　譲）
に1 17

西村京太郎
十津川警部　北陸新幹線殺人事件
北陸新幹線開業日の一番列車でなぜ男は狙われたのか——手がかりは太平洋戦争の戦地からの手紙に!?　十津川警部、金沢&マニラへ！（解説・小梛治宣）
に1 18

実業之日本社文庫　好評既刊

西村京太郎
十津川警部捜査行　北の欲望　南の殺意
殺されたOLは魔性の女!?　彼女の過去に手がかりを求め、三田村刑事が岩手県花巻に向かうが……十津川班が奮闘する傑作ミステリー集！（解説・山前譲）
に1 19

西村京太郎
十津川警部捜査行　車窓に流れる殺意の風景
女占い師が特急列車事故が起きると恐ろしい予言をした。十津川警部が占い師の周辺を調べると怪しい人物が…傑作トラベル・ミステリー集。（解説・山前　譲）
に1 20

西村京太郎
若狭・城崎殺人ルート
天橋立行きの特急爆破事件は、美由紀が店で出会った男が犯人なのか？　疑いをもつ彼女のもとに十津川班が訪れ…緊迫のトラベルミステリー。（解説・山前　譲）
に1 21

西村京太郎
札沼線の愛と死　新十津川町を行く
殺人現場の雪の上には、血で十字のマークが。さらに十津川警部に謎の招待状!?　捜査で北海道新十津川町へ飛ぶが、現地は魔法使いの噂が!?（解説・山前譲）
に1 22

西村京太郎
二つ《ダブル》の首相暗殺計画
総理大臣が入院している大病院の看護師殺人事件の裏に潜む、恐るべき陰謀とは!?　十津川警部が秘められた歴史と事件の扉をこじ開ける！（解説・山前　譲）
に1 23

実業之日本社文庫　好評既刊

西村京太郎
十津川警部捜査行　愛と幻影の谷川特急
編集部に人気作家から新作の原稿が届いたが、作家はその小説は書いていないという。数日後、彼は死体で発見され…関東地方を舞台にした傑作ミステリー集！
に1 24

西村京太郎
十津川警部　出雲伝説と木次線
スサノオの神社を潰せ。さもなくば人質は全員死ぬ！奥出雲の神話の里を走るトロッコ列車がトレインジャックされた。犯人が出した要求は!?（解説／山前　譲）
に1 25

吉村達也
白川郷　濡髪家の殺人
週刊誌編集者が惨殺された。生首は東京で、胴体は五百キロ離れた白川郷で発見されるが……猟奇事件の背後で蠢く驚愕の真相とは!?（解説・大多和伴彦）
よ1 9

吉村達也
原爆ドーム0《ゼロ》磁場の殺人
原爆ドーム近くで起きた集団暴行で兄を殺された美少女は18年後、なぜか兄の死を目撃した男と結婚していた。単なる偶然か、それとも…（解説・大多和伴彦）
よ1 10

吉村達也
血洗島の惨劇
会長が末期ガン、新社長就任を控えた息子が惨殺……大実業家・渋沢栄一生誕の地「血洗島」で悲劇の連鎖!?朝比奈耕作、真相を抉る！（解説・大多和伴彦）
よ1 11

実業之日本社文庫 あ3 16

津《つ》軽《がる》龍《たっ》飛《ぴ》崎《ざき》殺《さつ》人《じん》紀《き》行《こう》 私《し》立《りつ》探《たん》偵《てい》・小《こ》仏《ぼとけ》太《た》郎《ろう》

2022年4月15日 初版第1刷発行

著 者 梓《あずさ》 林《りん》太《た》郎《ろう》

発行者 岩野裕一
発行所 株式会社実業之日本社
〒107-0062 東京都港区南青山 5-4-30
emergence aoyama complex 2F
電話 [編集]03(6809)0473 [販売]03(6809)0495
ホームページ https://www.j-n.co.jp/
DTP ラッシュ
印刷所 大日本印刷株式会社
製本所 大日本印刷株式会社

フォーマットデザイン 鈴木正道(Suzuki Design)

＊本書の一部あるいは全部を無断で複写・複製（コピー、スキャン、デジタル化等）・転載することは、法律で認められた場合を除き、禁じられています。
また、購入者以外の第三者による本書のいかなる電子複製も一切認められておりません。
＊落丁・乱丁（ページ順序の間違いや抜け落ち）の場合は、ご面倒でも購入された書店名を明記して、小社販売部あてにお送りください。送料小社負担でお取り替えいたします。
ただし、古書店等で購入したものについてはお取り替えできません。
＊定価はカバーに表示してあります。
＊小社のプライバシーポリシー（個人情報の取り扱い）は上記ホームページをご覧ください。

©Rintaro Azusa 2022 Printed in Japan
ISBN978-4-408-55721-2（第二文芸）